Scrittori italiani e stranieri

Daria Bignardi

Oggi faccio azzurro

ROMANZO

MONDADORI

Dello stesso autore in edizione Mondadori

Non vi lascerò orfani
Un karma pesante
L'acustica perfetta
L'amore che ti meriti
Santa degli impossibili
Storia della mia ansia

librimondadori.it

Oggi faccio azzurro
di Daria Bignardi
Collezione Scrittori italiani e stranieri

ISBN 978-88-04-71984-7

I edizione novembre 2020

Oggi faccio azzurro

Per E.S.
Metto solo le iniziali così non ti riconoscono.

Why am I so in love?

XXXTENTACION, *The Remedy for a Broken Heart*

Ho perso – per colpa mia – il mio grande amore.

«Deve trovare un colpevole e trova se stessa» dice la dottoressa Anna Del Fante pulendo le lenti degli occhiali rossi con la sciarpa azzurra.

Vengo da lei due volte alla settimana. Non le parlo dei pomeriggi passati a calcolare l'ora migliore per buttarmi dal balcone.

Preferirei farlo di notte, ma se non morissi e rimanessi agonizzante nel cortile? Abito al secondo piano, non al sesto. Forse di mattina è meglio. Le cinque del mattino sono un buon compromesso: silenzio, buio, ma il portinaio già alzato per portare i bidoni della spazzatura in strada si occuperà di smaltire anche il mio corpo, in tempo per risparmiarne la vista ai bambini che escono per andare a scuola.

«Buttaci lui dal balcone» spunta la Voce quando resto troppe ore sul divano a osservare la magnolia grandiflora del cortile. «Anche io volevo morire quando Vasilij se n'è andato. Non posso pensare che cent'anni dopo siamo ancora messe così.»

La Voce è comparsa il tredici di agosto, nel mezzo della mia prima estate senza Doug.

L'estate è un pozzo quando si sta male.

«Quando si viene violentate o abbandonate brutalmente come è successo a lei, prima si rimuove, poi ci si sente in colpa, e solo dopo qualche tempo si inizia a elaborare il lutto» aveva detto la dottoressa. «Capire di non essere amati da chi si ama è uno shock. Lei sta vivendo il momento peggiore, quello del senso di colpa. Vedrà che arriveranno anche la rabbia e il perdono.»

Anna Del Fante sa di cosa parla. Suo marito è morto investito da un'auto un anno fa. Me l'ha detto alla fine della prima seduta: «Glielo racconto perché sappia che il dolore ha dei tempi. Anche se il suo lutto è peggiore del mio: mio marito non ha scelto di abbandonarmi».

Anna Del Fante ha la mia età, ma si veste da anziana. Col pensiero le ho cambiato stile come quando lavoravo per le riviste di moda: starebbe bene con un taglio corto di Pier Moroni con collo scoperto e ciuffo mosso, via quegli occhialetti rossi da farmacia, via quei camicioni da mercato; camicie di Equipment, pantaloni di Biani, mocassini.

È alta, di giorno può fare a meno dei tacchi, anche se è un po' larga di fianchi.

La Voce non sopporta Anna Del Fante. Credo che sia gelosa di lei.

Dice che è pasticciona e poco professionale: «Io Sigmund Freud l'ho conosciuto, bellezza, a Vienna, in Berggasse 19. Altro che questa qui».

Doug era un moralista, anche se la sua morale si applicava a tutti tranne che a se stesso. Cosa che rivendicava: «Meglio predicare bene anche se razzola male» diceva.

Gli piacevano i modi di dire italiani e li storpiava anche se vive qui da più di vent'anni.

La Voce gongola: «Anche Vasilij adorava i proverbi e i modi di dire, come tutti i russi. E anche lui dopo quindici anni in Germania li sbagliava ancora. Il suo preferito era *Gestern hat er blau gemacht*, Ieri ha fatto azzurro».

«Cosa vuol dire?» chiedo.

«È un modo di dire tedesco che viene dal Medioevo, quando gli artigiani vedevano il cielo solo nel giorno in cui non lavoravano. A Vasilij interessava l'effetto psichico dei colori. Ma che ne sai tu...»

Ogni tanto la Voce mi maltratta. I primi tempi ci restavo male, ora non più. Sostiene che sono viziata perché sono bella, mentre lei dice di essere stata bruttina.

Io sono nata a Comacchio e mi hanno chiamata Galla, come l'imperatrice romana Galla Placidia, quella del Mausoleo di Ravenna. A scuola mi prendevano in giro per quel nome assurdo e mi chiamavano Gialla per il colorito o Ragnetto per la magrezza. Ho provato a spiegare alla Voce che fino ai tredici anni ero un ragnetto magro e pallido, e che ci si sente per tutta la vita come si era da bambini. Mi sono sempre pensata Gialla e Ragnetto piuttosto che Galla l'imperatrice.

Ma la Voce non sente ragioni: per lei resto una *bellezza*, l'ex fotomodella sciocca. Chissà perché si occupa di me, se mi disprezza tanto?

La madre di Doug lavora in un negozio di abbigliamento sportivo. Lei sì che è bella, con un viso equino come quello di Doug.

Doug coi suoi genitori ha un rapporto cordiale e non li sente spesso. Diceva che ero io la sua famiglia e che non ricordava niente della sua infanzia tranne i pranzi del Ringraziamento con suo padre e i barbecue del quattro di luglio coi fidanzati di sua madre. Sua madre l'ho conosciuta che aveva la mia età di adesso e il petto sontuoso che io non avrò mai.

Quando Doug le ha detto del divorzio mi ha chiamato dall'America.

«Take your time, Gal» ha detto. «No pain, no gain.»

Quel giorno stavo malissimo e ho fatto l'errore di chiederle perché secondo lei Doug mi aveva lasciata.

«You're so European» aveva risposto. «You're such a difficult person.»

Mi ero offesa. Difficile io?

Poteva dirmi qualcosa di comprensivo, non so, che Doug non sapeva cosa fosse una famiglia visto che lei e suo padre non avevano mai vissuto insieme, invece aveva dato tutta la colpa a me, come una suocera degli anni Cinquanta.

Che poi, anch'io non ho mai visto i miei genitori insieme, però il senso della famiglia ce l'ho.

Volevo invecchiare con Doug, come le mie zie che condividono coi mariti sessant'anni di ricordi. Non riesco a capire come – dopo vent'anni in cui hai diviso tutto – si possa rinunciare a invecchiare insieme.

«Sei proprio tonta» mi sfotte la Voce. «Quelli non solo non vogliono invecchiare, ma neanche ricordare. Perché credi che cambino donna, che la scelgano più giovane, possibilmente una che li porti in palmo di mano e non gli rompa le scatole? Secondo te quella poverina di Nina von Andreevskij poteva permettersi di criticare il grande Vasilij Kandinskij?»

Doug era appena arrivato a Milano quando ci siamo incontrati. In agenzia mi avevano chiesto il favore di posare gratis per quel fotografo americano senza un soldo che doveva farsi un book.

Avevo venticinque anni, e invece che l'illustratrice – quello per cui avevo studiato – per puro caso da sette anni facevo la modella.

Era il periodo in cui andavo a ruba, per il taglio orientale degli occhi e il pallore del viso. Sono le caratteristiche della talassemia ereditata da mia madre, ma negli anni Novanta furono la mia fortuna.

«Scommetto che non ti ha mai ringraziata. Pensi che Vasilij mi sia stato grato per averlo amato, sostenuto e mantenuto per quattordici anni?» gracchia la Voce mentre piango sul divano. «Anche io l'ho incontrato a venticinque anni, sai bellezza? E lui ne aveva undici più di me.»

«In amore non si ringrazia» rispondo. Doug posso criticarlo solo io.

«Dove l'hai letto, nei Baci Perugina?» mi sfotte la Voce, ridendo soddisfatta. Si compiace quando dimostra di conoscere i nostri modi di dire.

La mia è una talassemia asintomatica, a parte un po' di stanchezza e la pipì color caffè.

Mia madre invece è sempre stata TDT, trasfusione dipendente.

Era contenta quando le ho detto che sposavo Doug, perché in America la talassemia non esiste: noi talassemici non possiamo rischiare di far figli con un talassemico perché potrebbero nascere col morbo di Cooley.

Per fortuna mia madre è morta e non sa che Doug mi ha lasciato. Per lei ogni problema era colpa mia, e stavolta avrebbe avuto ragione.

Tutte le banalità che si dicono sul divorzio – quando è cruento come il mio – sono vere: è peggio di un lutto, è una ferita straziante, peggio di una malattia.

Alle malattie sono abituata, ma questa è un'amputazione violenta e senza anestesia.

Pensi: "Se la persona che amo mi rifiuta vuol dire che non valgo proprio niente".

Se poi lo fa come Doug, all'improvviso e senza spiegazioni, ti senti un insetto schiacciato con la scarpa e gettato dalla finestra.

Forse è per quello che ho così tanta voglia di volare dal balcone.

Se proprio ci si deve separare servirebbe un rito di passaggio, come Marina Abramović e Ulay che hanno camminato l'una verso l'altro per novanta giorni sulla Muraglia cinese.

A me sarebbe bastato un periodo di pianti, spiegazioni, liti, tira e molla, come fanno tutti. Invece Doug si è tenuto tutto dentro, ha deciso da solo e me l'ha comunicato all'improvviso, dopo più di vent'anni insieme.

Rifiutandosi di parlarne mi ha inchiodato al ruolo della vittima. Solo il carnefice può liberarti, spiegarti il perché del male che ti ha fatto: me l'ha detto una ragazza che studia Criminologia, una del coro.

Da sei mesi canto in un coro di detenuti tossicodipendenti insieme ad altre volontarie. Vado in carcere due volte alla settimana. Anche io devo disintossicarmi.

«Col tempo saprà trasformare questo dolore» dice Anna Del Fante.

«E la paghi pure quella scema di strizzacervelli?» commenta la Voce.

Credo che l'affetto di Anna Del Fante per me la irriti, non fa che sparlare di lei.

«Non capisci che una psicanalista non deve provare affetto? Mica per niente si dice "affetto da una malattia": affetto dalla tubercolosi, affetto dalla tisi. L'analista non deve affezionarsi, *verboten*!»

Da quando Doug mi ha lasciata sto bene solo dentro.

In carcere, invece che una donna lasciata dal marito, sono un'artista del coro. Il maestro ci chiama così quando vuole attirare la nostra attenzione: a volte durante le prove chiacchieriamo come a scuola e lo prendiamo in giro. Se esageriamo alza le braccia e ci richiama: «Artisti del coro!».

I detenuti che frequentano il coro sono una quarantina, noi volontarie dieci, poi ci sono tre operatrici della Asst e la direttrice dell'équipe. Le voci femminili sono fondamentali nel coro.

Una volontaria fa la veterinaria, due le insegnanti, una l'avvocata, una l'infermiera. Poi ci sono le quattro studentesse che vogliono specializzarsi in Criminologia.

Io sono l'unica che non lavora.

«Ecco il problema» tuona la Voce. «Quando ero depressa, anche se non dipingevo, l'arte mi scorreva dentro come un fiume carsico. Come pensi di uscirne se resti a disperarti sul divano? Riprendi a disegnare, vendi vestiti, fai qualcosa! Oggi avete tutte quegli aggeggi, come si chiamano, i fashion blog, Instagram. Svegliati, bellezza! È il 2019: una donna deve pensare prima di tutto al suo lavoro.»

Il maestro del coro abita nel nostro palazzo, al piano di sotto. Ci siamo conosciuti una sera che si è allagato il bagnetto della lavatrice e lui è salito a suonare. Non mi ero accorta di niente, Doug era fuori, mi ero spaventata a sentire il campanello a quell'ora, e poi cos'aveva quello da sorridere.

Mi aveva mostrato sul telefono le fotografie del suo muro fradicio, persino il letto si era bagnato, poi mi aveva aiutato a trovare il rubinetto per chiudere l'acqua e si era scusato dell'orario, del fastidio, di tutto.

Mi ero agitata, sembrava un disastro irrimediabile e lui era troppo gentile.

«Col tempo si asciuga, poi si ridipinge, tutto si sistema, stia tranquilla» mi aveva consolato.

Dopo l'allagamento gli avevo dato la delega per le riunioni di condominio a cui io e Doug non andavamo mai, e quando lo incrociavo in ascensore o sulle scale della cantina facevamo due chiacchiere.

Mi aveva raccontato di essere vicepreside in una scuola elementare. «Ma la mia passione è il canto» aveva detto, spiegando che da dieci anni dirigeva un coro a San Vittore.

Non gli ho detto che io per dieci anni ho fatto la modella.

Da ragazza disegnavo. Ho fatto il liceo artistico, poi sono capitate le foto.

Quando ho smesso con le fotografie per anni ho fatto la stylist per le riviste, poi le cose sono andate male. Sono quasi due anni che non lavoro più.

«"L'artista non è libero nella vita ma soltanto nell'arte" diceva Vasilij, trova la tua forma d'arte e smettila di lagnarti, dannazione!» si arrabbia la Voce.

«Ma io non sono un'artista!» rispondo.

«Tu sei tu, accidenti. Basta e avanza» grida.

Ho rivisto il maestro al supermercato dei pachistani, davanti al banco dei latticini, un pomeriggio di febbraio.

Di punto in bianco mi ha chiesto di entrare nel coro delle volontarie, a San Vittore, come se fosse un'idea che aveva da tempo e non vedeva l'ora di propormi. Ero ancora più pallida e magra del solito: forse ha capito che stavo male.

Da quando Doug se n'è andato mangio solo yogurt: lo metto in una tazza con dei pezzi di frutta e pranzo e ceno seduta sul divano, fissando la magnolia grandiflora del cortile e pensando per pomeriggi interi che se mi buttassi dal balcone smetterei di soffrire.

Una domenica mattina ho chiamato Doug al telefono e gliel'ho raccontato.

Lui mi ha stupito: «Guarda che tutti ogni tanto fanno pensieri suicidi, mica solo tu. È normale».

Non pensavo che lo fosse, ma se lo dice Doug ci credo.

Nell'ultima seduta prima delle vacanze Anna Del Fante mi aveva consigliato di passarle con qualcuno che non avesse nulla a che fare con Doug.

L'unica amica solo mia è Alessandra. Negli ultimi vent'anni ci siamo viste poco: lei ha vissuto dieci anni a Berlino, poi a Colonia e a Francoforte.

Da due anni abita a Monaco di Baviera e avevo pensato di andare da lei, anche perché Monaco è uno dei rari posti dove non sono stata con Doug.

Non sono tanti: Doug amava viaggiare, mi ha seguita negli shooting di mezzo mondo. Per i suoi compleanni gli regalavo fine settimana in tutte le capitali d'Europa.

Anche a lui piaceva farmi regali: una bicicletta, degli sci, tutte cose che si muovono.

«Forse voleva che ti togliessi di torno» sogghigna la Voce. Col lavoro che facevo io sarei vissuta in tuta da ginnastica, invece Doug mi regalava vestiti di colori e tagli che non avrei mai scelto, eppure mi stavano benissimo.

Io ho gusto, ma lui ne ha più di me. È migliore di me in tutto: più intelligente, più bravo.

«E più furbo!» sghignazza la Voce. «Come Vasilij. Credi che un genio non possa essere furbo e opportunista?

Lo è più degli altri, perché ha la scusa di avere una missione. A Murnau, mentre il maestro scriveva la sua opera fondamentale intonando i colori con la musica e discettando di essenza spirituale e necessità interiore, io uscivo nella neve a procurare legna, carne, patate, pesce affumicato. E non è che io non avessi da lavorare, sai bellezza?»

«Le serve tempo, ma ce la farà» aveva detto Anna Del Fante dandomi appuntamento a settembre.

Mi ero chiesta come sarebbero state le sue, di vacanze, coi figli che avevano perso il padre da poco.

«E lei dove andrà?»

Aveva risposto alzando le spalle: «Solito mare: i bambini hanno tutti gli amici lì».

Anna Del Fante fa il contrario di quello che consiglia, è empatica e di parte: secondo la Voce è una dilettante, secondo me una persona aperta e flessibile.

Nonostante la sua disgrazia non posso evitare di invidiare Anna Del Fante: invidio chiunque non sia me, soprattutto se ha figli, genitori, qualcuno di cui occuparsi. Io non ho nessuno. E non sono mai stata brava a occuparmi di me stessa.

«Ecco, è ora di cominciare: *besser spät als nie*!» dice la Voce, dimenticandosi che non so il tedesco. «Meglio tardi che mai» scandisce, leggendomi nel pensiero.

A Monaco faceva un caldo insopportabile, peggio che in Italia.

Ero arrivata in stazione alle otto del mattino e avevo preso un taxi per Enhuberstrasse.

Alessandra fa la direttrice commerciale di Escada, viaggia cento giorni all'anno e ha una casa comoda e luminosa che sembra abbandonata.

Era rientrata all'ora di cena – le avevo preparato una pasta al pomodoro – e avevamo parlato, bevuto e fumato fino alle tre.

Alessandra è l'unica persona che mi chiama ancora Gialla o Ragnetto, e io la chiamo Slandra. Da noi *slandra* vuol dire puzza e da bambine ci faceva molto ridere chiamarci così: Slandra e il Ragnetto, o Slandra e Gialla. Ci piaceva pensarci come due piccole emarginate dispettose, e quando anni dopo a Milano scoprimmo che *slandra* in lombardo stava per puttana ne fummo estasiate, anche se allora non c'era la moda delle *bitches* come oggi.

Slandra e Gialla nel nostro immaginario erano diventate due *bad girls* molto sexy, pronte per mille avventure.

Il mattino dopo la serata alcolica della *reunion di Gialla e Slandra,* come l'avevamo intitolata nelle nostre chiacchiere notturne, ci aveva svegliato la telefonata di suo fratello che le diceva di tornare subito a Comacchio, perché la madre si era sentita male, e Slandra era partita.

Ero rimasta sola in una città estranea e più afosa della mia.

La sera bevevo birra nei Biergarten, di giorno vagavo per parchi e musei.

Non potrei bere, perché con la talassemia il fegato è predisposto alle epatiti, ma preferisco bere alcol che prendere psicofarmaci, anche se Anna Del Fante non è d'accordo.

«Gli ansiolitici portano l'ansia, ma l'alcol porta l'inferno» dice.

I primi sei mesi dopo che Doug mi aveva lasciata avevo preso sonniferi tutte le notti.

Li avevo provati tutti e con nessuno ero riuscita a dormire più di quattro ore, mentre con l'alcol ne dormo cinque.

Vado a giorni: ogni tanto prendo una pillola, ogni tanto bevo. Prima o poi ne farò a meno, ma ora si tratta di sopravvivere.

Non bevo tanto: al mio fegato bastano due o tre bicchieri di birra o di vino per stordirmi.

Alessandra aveva suggerito di provare con la marijuana. Lei ogni tanto fuma ancora, e la sera della *reunion* mi aveva rollato personalmente una cannetta.

Per fortuna avevo con me dell'Ansiolin, perché quando la mattina dopo Alessandra aveva ricevuto la telefonata di suo fratello non avevo preso bene la sua partenza improvvisa.

Che cos'ho addosso? Perché tutti mi lasciano? Prima mio padre, poi mia madre, poi Doug. Ora persino Alessandra.

Mi era venuta in mente la frase di un film coreano bellissimo e spaventoso intitolato *Old Boy*: «Ridi e il mondo riderà con te, piangi e piangerai da solo».

La madre di Alessandra aveva avuto soltanto una piccola ischemia, ma i suoi fratelli le avevano chiesto di non lasciarla sola fino al loro ritorno dalle vacanze.

Non sono persone che si possano contraddire quando chiedono qualcosa.

Da ragazzi hanno avuto problemi con le risse e i coltelli, ma da quando si sono sistemati secondo Alessandra sono diventati dei borghesi conservatori.

Alessandra e io siamo le uniche tra le nostre compagne a non avere avuto figli: lei perché non ha voluto, io perché non ho potuto.

Eravamo in classe insieme dalle scuole elementari, poi lei ha scelto il liceo scientifico e io l'artistico, a Ravenna.

«Se sei intelligente studi i classici, se sei molto intelligente studi matematica come me. Se sei scema come te studi arte» mi prendeva in giro.

Lei è molto intelligente, ma invece di Matematica all'università aveva scelto Economia per guadagnare e andarsene da Comacchio.

Diceva che i suoi fratelli sono maschilisti e anche un po' fascisti.

Io glieli ho sempre invidiati perché mi facevano sentire protetta: da ragazzina ero sì la Gialla, il Ragnetto orfano di padre e con la madre TDT, ma ero anche la migliore amica della Sandra, quella coi fratelli con cui non c'era da scherzare.

Avevo diciott'anni ed ero a Milano con lei al concerto di David Bowie quando una signora bionda mi aveva fermata e mi aveva proposto di fare delle foto per un'agenzia di moda.

Era stata Alessandra a convincermi a provare.

Anche mia madre per una volta mi aveva incoraggiato: «È la rivincita del brutto anatroccolo» aveva detto.

Mia madre mi ha sempre criticata in tutto: per la magrezza, il pallore, il carattere, per i fidanzati che ho avuto prima di Doug. Le zie dicono che era depressa da quando aveva perso mio padre in quel modo, mentre aspettava me, che prima non era così.

Mi dispiace che lui sia morto prima che abbiano avuto altri figli: se avessi avuto dei fratelli pratici col coltello come quelli di Alessandra, forse Doug ci avrebbe pensato due volte prima di lasciarmi.

Quando Alessandra mi aveva detto che non sarebbe tornata a Monaco avevo pensato di raggiungerla, ma Comacchio piaceva così tanto a Doug – diceva che è una piccola Venezia – che sto ancora peggio quando ci ritorno.

Da quando ero rimasta sola a Monaco, cominciavo a bere sempre prima, verso le undici del mattino, e trascorrevo le giornate e soprattutto le serate in uno stato di alterazione.

In pratica, non ricordavo niente di quello che facevo.

La prima cosa che aveva bucato il tessuto dell'angoscia che mi avvolgeva era stata la mostra alla Lenbachhaus.

La Lenbachhaus è uno dei musei più belli di Monaco ed è vicino a casa di Alessandra, ma io ci ero andata soprattutto per sfuggire al caldo insopportabile. C'era la mostra di una pittrice tedesca che ricordavo fosse con Kandinskij nel gruppo del *Cavaliere Azzurro*.

Quel giorno le opere di Gabriele Münter, così piene di colore e prive di gioia, mi avevano ipnotizzato.

Ero rimasta nel museo fino all'ora della chiusura a guardare e riguardare quei paesaggi e quei ritratti dall'anima tormentata, chiedendomi se era stata la guerra che si stava preparando in Europa o qualcosa di più personale a dare all'autrice quello sguardo.

La sua biografia diceva che era stata per quattordici anni la compagna di Kandinskij, così avevo deciso di visitare la casa a settanta chilometri da Monaco dove avevano vissuto insieme, a Murnau.

Il sabato avevo preso il treno e in cinquantacinque minuti, attraversando un ameno paesaggio bavarese, ero arrivata sul lago Staffel.

Quella mattina avevo bevuto solo molto caffè e mi sentivo più lucida del solito.

Sole, cielo azzurro, meno umidità che a Monaco: Murnau era un paese colorato e curato, pieno di gallerie e di gradevoli caffè.

Se fossi stata bene lo avrei trovato un posto piacevole, ma per come stavo – senza Doug con cui condividerli – i posti piacevoli peggioravano la mia malinconia.

La casa dei russi – come la guida sosteneva che la chiamassero ai tempi di Kandinskij – era l'attrazione locale, e la indicavano molti cartelli di legno.

Ci ero arrivata a piedi dalla stazione: stava sul fianco di una collinetta, circondata da un piccolo giardino e da case che quando ci abitavano Münter e Kandinskij probabilmente non esistevano.

Era un cottage bavarese dipinto di giallo e azzurro, molto più piccolo di quanto avevo immaginato.

All'ingresso, ai piedi delle scale di legno che portavano ai piani superiori, c'era un grande ritratto fotografico di Gabriele Münter.

Era un ritratto molto suggestivo, in bianco e nero.

Gli occhi chiarissimi mi fissavano attraverso le dita della mano che teneva appoggiata al viso, senza sorridere.

Ero appena entrata nel soggiorno giallo e arancione, quando mi ero sentita chiamare da una voce di donna con l'accento tedesco: «Galla!».

Nella stanza c'erano solo due ragazzi francesi in pantaloni corti che studiavano i dipinti su vetro appesi alle pareti.

Mi ero voltata da ogni parte per capire da dove arrivava la voce e l'avevo sentita di nuovo.

«Mi chiamo Gabriele, come l'arcangelo» aveva detto, «ma qui in Germania è un nome da donna. Il tuo invece che razza di nome è?»

Avevo pensato a un'allucinazione sonora perché dalla mattina in cui Doug era entrato in bagno mentre mi stavo lavando i denti, si era seduto sul water e parlando alla mia immagine riflessa nello specchio aveva detto «Cosa ne dici se ci separiamo?», non dormivo più.

Stavamo insieme da una vita, litigavamo come tutti e qualche volta gli avevo detto che volevo andarmene solo per farmi rispondere che non poteva vivere senza di me.

Doug non parlava tanto, ma aveva sempre risposto la stessa cosa: «Io non ti lascerò mai».

Me lo ero fatta bastare.

Invece quella mattina, improvvisamente, mi aveva spezzato il cuore.

Doug non è il tipo che parla sperando di farsi contraddire, come me. Lui dice solo quello che vuol dire, è una persona che pensa prima di parlare, e quella mattina in bagno aveva proposto alla mia immagine allo specchio di separarci.

Non me lo aspettavo, non me lo sarei mai immaginato e non ci potevo credere. Sapevo solo che faceva sul serio.

Avevo reagito nel mio solito modo materno e masochista: gli avevo appoggiato la mano libera dallo spazzolino sulla spalla e avevo risposto: «Dico che se è quello che vuoi veramente lo devi fare».

Sono sempre stata brava a motivare gli altri a essere coraggiosi. Sono stata coraggiosa anch'io, nella mia vita precedente, prima che Doug mi lasciasse.

Ho rivissuto quella scena mille volte. Vorrei avergli risposto «Dico che non voglio» o «Se sei in crisi ti aspetterò», o «Dovrai passare sul mio cadavere».

Avrei dovuto dargli un pugno sul naso, chiedergli se era impazzito, urlare, obbligarlo a spiegarsi, a spiegare, a soffrire con me.

Per me poi sarebbe stato più facile, anche se ci fossimo lasciati lo stesso.

Invece, per orgoglio o autolesionismo, avevo detto l'unica cosa che rendeva tutto più facile a lui e più difficile a me, ed ero rimasta da sola a elaborare un lutto per me inaccettabile.

Nei vent'anni passati insieme a volte mi ero lamentata di sentirmi sola. All'improvviso capivo cosa voleva dire restare soli veramente.

La mattina in cui Doug aveva parlato alla mia immagine riflessa ero una donna senza utero e senza lavoro. Ero in crisi da mesi, ma stavo cercando di rialzarmi e Doug mi aveva dato il colpo di grazia.

Mi aveva fatto così male che avevo dimenticato l'aggravarsi della talassemia, le trasfusioni, l'aborto. Erano niente in confronto al dolore che provavo per lui.

Mio marito, l'uomo di cui mi fidavo più al mondo, l'uomo giusto, razionale, integro, saggio che amavo da vent'anni e con cui avevo condiviso ogni cosa, mi aveva tirato il tappeto sotto i piedi senza preavviso e senza spiegazioni.

Sbam.

Dal giorno in cui si è presentata nella sua stanza a Murnau, Gabriele mi parla soprattutto quando sono sul divano a fissare la magnolia.

È riapparsa a Milano, l'ultima domenica di agosto.

La sera prima ero andata in un bar vicino a piazzale Lodi con un amico e la sua nuova ragazza, e avevo bevuto così tanta vodka che non ricordo come sono tornata a casa.

Mi ero svegliata col buonumore degli ubriachi, quello che dopo qualche ora si trasformerà in angoscia profonda, e avevo sentito la Voce.

«Anche a me piaceva la vodka, ma io reggevo» ha detto con quell'accento tedesco da barzelletta.

Era in vena di chiacchiere: «Di che segno sei tu, bellezza? Io Acquario del diciannove febbraio, mentre Vasilij è nato il sedici dicembre, ed era un Sagittario, adorava viaggiare. Tu invece faresti meglio a non muoverti, finché non ti rimetti in piedi. Non sai che allontanarsi da casa peggiora l'umore, quando si sta male? Prima di stabilirci a Murnau noi eravamo sempre in giro, ma eravamo felici. Poi, quando Vasilij ha voluto fermarsi, ho comprato la casetta dove ci siamo conosciute. Carina, eh?».

«Un po' piccola» ho risposto, con le tempie che pulsavano per i troppi vodka sour della sera prima.

«Era solo un cottage! Avevamo un appartamento anche a Monaco, in Ainmillerstrasse 36, ma Murnau era il nostro posto» ha detto piccata.

Ho preso due aspirine e si è addolcita: «Sai perché sono qui, bellezza? Quando sei entrata in casa mia ho riconosciuto il tuo dolore e ho deciso di aiutarti. Anche Vasilij è sparito senza spiegazioni, dopo quattordici anni insieme, e anch'io ho creduto di morire, come te. Dal giorno che è partito per Mosca non l'ho mai più sentito. Ho saputo per caso che dopo tre mesi stava già con quella russa di diciassette anni, Nina: vent'anni meno di me e trentatré meno di lui. I suoi avvocati invece li ho sentiti: volevano che gli spedissi i suoi quadri. "Ditegli che se li venga a prendere" ho risposto».

La Voce era inarrestabile, come il mio mal di testa: «Di cosa puoi parlare a cinquant'anni, con una di diciassette? Leggi le memorie di Felix Klee, il figlio del nostro amico Paul: quando Vasilij insegnava a Bauhaus, a Dessau, con lei si annoiava così tanto che a tavola leggeva: "Kandinskij, seduto a tavola come un profeta, aveva un libro posto vicino a lui e leggeva mangiando" scrive Felix... Ahahah...» sghignazza.

«Anche a Doug ogni tanto piaceva leggere mentre cenava, cosa c'è di male? Se leggi mentre mangi insieme a qualcuno è segno di intimità» provo a rispondere.

«Macché intimità!» sbotta la Voce. «Quello si annoiava. A parte che leggere mentre si mangia è proprio un'abitudine barbara da americani. Ho un sacco di parenti americani, so di cosa parlo.»

Protesto: «Dopo tanti anni insieme non si può avere sempre qualcosa da dirsi, è bello anche restare in silenzio, vicini».

Che sia vero che Doug si annoiava con me? Ogni tanto lo penso.

«Quelli sono dei narcisi. Ti amano fino a che li fai sentire importanti, ma se li metti in discussione, li critichi e oltretutto invecchi, imbruttisci, magari ti ammali o hai dei problemi, stai tranquilla che ti lasciano. È solo questione di tempo. Altro che invecchiare insieme, condividere i ricordi... Quelli sanno amare solo se stessi e ti amano fino a che ti considerano utile e decorativa. Allora sì, è vero che ti amano, perché in te amano una parte di loro stessi, del bel film che si raccontano di sé. Vasilij non amava me: amava l'ereditiera che gli risolveva i problemi, la pittrice talentuosa, l'amante disponibile... Quando sono diventata scomoda mi ha eliminata e tempo tre mesi sostituita. Tre mesi! Dopo quattordici anni insieme. E che anni.»

Era l'hangover più assurdo della mia vita. Cosa mi avevano messo in quei cocktail? Possibile che mi stessi immaginando tutto? Eppure quella voce io la sentivo, e non accennava a scomparire.

Mentre me ne stavo sdraiata con gli occhi chiusi, cercando di fare lunghi respiri per respingere la nausea che stava salendo, la Voce si era lanciata in uno sproloquio appassionato e incontenibile: «Lo sai vero quando nasce l'arte astratta? Nel 1910, col primo acquerello di Kandinskij, quello senza titolo.

E con chi stava Vasilij Kandinskij nel 1910? Con Gabriele Münter, da otto anni.

Stava con me quando ha creato l'opera che ha cambiato la storia dell'arte, con me quando ha esposto per la prima volta, con me quando ha inventato il *Cavaliere Azzurro* e ha scritto *Lo spirituale nell'arte*. Era con me quando ha ascoltato Schönberg e dipinto *Impressione III*: abbiamo condiviso tutto, per quattordici anni. Ero la prima a sostenere il suo lavoro. Quattordici anni di viaggi, incontri, discussioni, amicizie, progetti, confronto... quattordici anni – lasciami dire – brillanti e fecondi. Altro che leggere a tavola: noi a tavola discutevamo d'arte, di musica. La vita e l'arte erano una sola cosa, l'arte definiva il nostro tempo e ci indicava il futuro. Il nostro era uno scambio totale. Impegnativo, certo. E quando il gioco si è fatto duro, con la guerra e i problemi di ogni coppia dopo tanti anni insieme, il genio ha preferito squagliarsela.

L'ho saputo nel 1920 che tre mesi dopo essere partito stava già con un'altra: non ha avuto nemmeno il coraggio di dirmelo di persona. Gli uomini a cinquant'anni perdono la testa, non temono il ridicolo: chi si compra la motocicletta, chi si mette quelle magliette coi cantanti... E fanno fuori i testimoni scomodi, ovvero noi, bellezza, le compagne di sempre, quelle con le quali sono diventati ciò che sono. Altro che invecchiare insieme e condividere i ricordi. Quelli non vogliono invecchiare né ricordare...».

Sento che la nausea mi travolge e prima che la Voce abbia finito il suo monologo corro in bagno a vomitare.

Doug non è bello, ma a me piaceva. Solo io vedevo la sua bellezza, la luce del suo sguardo, sentivo la forza delle sue braccia, annusavo il suo buon odore.

I detenuti che cantano nel coro sono quasi tutti arabi o meridionali, e sono quasi tutti belli.

Facciamo le prove all'ultimo piano del terzo braccio. Cantiamo in piedi, in fondo al corridoio, sotto una grande finestra a mezzaluna con le sbarre e i vetri impolverati.

In questo vecchio carcere tutto è un po' sporco e umido e polveroso.

Io tra le donne sto in terza fila: alla mia sinistra inizia il gruppo degli uomini.

Il maestro del coro ha scelto un repertorio milanese: Jannacci e Dario Fo, Claudio Sanfilippo, Nino Rossi. *A mì me piass* di Claudio Sanfilippo mi fa piangere, ma di una tristezza bella, non come quella angosciante che non mi fa dormire quando penso a Doug.

"A mì me piass fà finta de vardà la lüna
anca in d'i nott che l'è scondüda."

La cosa più bella, per i detenuti, è che dopo un anno di prove usciranno per il concerto. Ci esibiamo al Teatro Comunale il ventuno dicembre, anche se dicono che i magistrati non daranno il permesso a tutti, che su quaranta per i quali faremo richiesta ne accetteranno metà e gli altri rimarranno delusi.

Spero che diano il permesso a Tommy.

Tommy non ha mai mostrato di accorgersi di me, forse per quello è il mio preferito.

Ha vent'anni, canta e suona la batteria, lo hanno arrestato per spaccio di eroina. È bellissimo, anche se ogni settimana è più gonfio e più spento. Ha un piccolo cuore spezzato tatuato sotto un occhio. Mi piacerebbe farmene uno uguale, proprio in faccia, ma non ne avrò il coraggio. Me lo sono disegnata col pennarello e ho notato che ha la stessa forma di due ali.

Verso le quattro del pomeriggio, mentre cantiamo, sul corridoio del piano si diffonde un buon profumo di soffritto: sono i detenuti che non frequentano il coro e cominciano a preparare la cena delle sei. Mi piacerebbe restare a mangiare con loro, ma non si può.

Quando io e le altre volontarie usciamo, con molti detenuti ci baciamo sulle guance o ci stringiamo la mano, e c'è sempre un momento di tristezza.

Noi usciamo, loro restano dentro.

Alle otto li rinchiudono in cella e inizia la loro notte infinita.

«Ecco, vedi di ricordartelo» dice la Voce quando torno a casa. «C'è chi sta molto peggio di te.»

Spesso nell'anticamera di Anna Del Fante incrocio il paziente che ha la seduta prima della mia, o la paziente che arriva dopo di me. Mi piacerebbe conoscerli, ma so che non sarebbe corretto.

Forse non dovremmo neanche incontrarci, forse esiste un protocollo di orari sfalsati che Anna Del Fante non segue.

Mi piace che Anna Del Fante sia poco ortodossa: mi rassicura invece di indignarmi come vorrebbe Gabriele, perché dimostra che è umana.

Quando incontro *Prima* e *Dopo* – come li chiamo tra me – cerco di rubargli uno sguardo, soprattutto a *Dopo*, la ragazza.

Mentre esco dalla stanza della seduta la trovo già all'ingresso, sulla sedia vicina al portaombrelli, con gli auricolari bianchi infilati nelle orecchie e i capelli biondi chiusi come una tenda attorno al viso.

Se ne sta china e immobile a guardare il telefono che tiene tra le mani appoggiate alle ginocchia.

Prima, l'uomo, non sorride, mi saluta appena alzando il mento.

Ha una faccia strana, quadrata, piena di rughe come quei cani cinesi – come si chiamano, shar pei, ma è più giovane di me.

Vorrei dirgli che una giacca e dei pantaloni di Muji costano meno e donano di più delle polo dozzinali che si mette lui.

Lo studio di Anna Del Fante è al quinto piano di un palazzo di ringhiera silenzioso, nel quartiere cinese.

Da casa mia ci vengo a piedi, attraversando il parco che piaceva tanto a Doug.

Durante il tragitto cerco di ricordarmi i sogni che ho fatto per raccontarli ad Anna Del Fante, e ogni tanto mi tornano in mente, quando riesco a evitare il ricordo di Doug che spunta in fondo a un prato, sul ponte delle anatre, vicino allo stagno delle tartarughe o al ginkgo biloba.

Il Parco Sempione era uno dei posti che preferiva di Milano. Ci veniva a correre, a giocare a pallacanestro, d'estate prendevamo il sole in costume da bagno sul prato come se fossimo al mare.

Da quando mi ha lasciato e ha trasferito lo studio in piazza Tricolore, una zona che prima detestava, frequenta i giardini di Porta Venezia.

Quando gli ho fatto notare che ha cambiato gusti ha risposto «Mi capita spesso», in tono compiaciuto. Non è vero. Una delle cose che amavo di lui era proprio la sua costanza, perché io sono lunatica. Doug per me c'era sempre, o almeno così diceva.

Non ho mai visto gli occhi di *Dopo*, la ragazza. Non cambierei niente del modo in cui si veste, jeans e felpone, aggiungerei solo degli occhiali da sole e un cappello Madson, visto che le piace nascondersi.

Sbircio il suo orecchio sinistro che sbuca nel biondo, un piccolo orecchio traforato da molti cerchietti d'argento.

Non saprei dire chi di noi tre sembri più infelice. Forse io. *Dopo* è giovane e ha tutta la vita per guarire. *Prima* è un maschio: per loro, come dice Gabriele, è sempre tutto più facile.

Ogni mattina mi sveglio pensando "Oggi vado assolutamente a scuola", poi non ce la faccio.

Quando sto per uscire mi viene una specie di blocco, una roba che piuttosto che andarci mi sparo.

Quando l'ho detto alla psi ha annuito come se facessi bene a spararmi: è strasimpatica.

La psi è una contenta, sempre calma.

Non avevo zero sbatti di venirci, ma per fortuna parla poco, sorride, fa sì con la testa, non mi mette ansia.

Adesso mi imbarazza meno star qui seduta mentre lei mi guarda.

«Mettiti qui, di fronte a me» ha detto la prima volta, indicando la poltrona davanti al suo tavolino.

Mi sarei presa male a stendermi sul lettino.

La psi ha la fede, è sposata, una volta l'ho incontrata in farmacia con una bambina tipo di undici anni che doveva essere sua figlia vestita tutta di rosa orrendo, come le bambine di sei anni.

Madre dice che fino a sette anni lo facevo anch'io ma non ci credo. Io odio il rosa.

Fotografie di me da piccola ce ne sono poche, perché quando padre se n'è andato ha rotto per sbaglio il computer grande, ed erano tutte lì.

Ovviamente madre ha detto: «Guarda che strano, che coincidenza, proprio il computer con tutte le foto di famiglia».

Ne sono rimaste solo di quando ero tipo appena nata, che ne avevano stampate per darle alla nonna, e alcune delle feste coi compagni della scuola materna.

Io della scuola materna ricordo solo un bidello con la scopa che mi faceva paura e una maestra strasimpatica che ci suonava la chitarra. La fissa per la chitarra ce l'ho da lì.

Anche quella che viene prima di me mi sta simpatica.

Quando esce dalla stanza della psi e mi passa davanti in anticamera mi sorride, ma io fingo di non vederla.

È stramagra, coi jeans neri stretti e la giacca di pelle vintage, una che ha stile.

Somiglia a quell'attrice dei film che piacciono a mia nonna, Charlotte Gainsbourg.

Io la chiamo Charlotte.

Ha sempre delle belle scarpe, che tra i vecchi è raro: Converse bianche e nere o stivali bassi.

La psi invece si mette delle scarpe terrificanti, scollate davanti con un mezzo tacco che neanche mia nonna.

Mia nonna per essere una di settantacinque anni non si veste male, anzi, meglio di madre. Ha un suo stile camicia pantaloni mocassini, madre invece fa casino tra vestiti fantasia e tute imbarazzanti.

Da quando è morto il nonno la nonna va un sacco al cinema, fa dei corsi strani, ha un botto di amici: è una sempre presa bene, anche se ha la fissa dei registi angoscianti come Lars von Trier, Agnès Varda e Iñárritu. Madre la odia.

Cosa voleva madre, che quando la nonna è rimasta sola stesse a casa a farsi mille sbatti come lei?

Il nonno è morto che io avevo tipo sei anni. Mi ricordo una volta al mare, che mi aveva comprato il gelato e mi era caduto sul marciapiede alla prima leccata e lui non me ne aveva preso un altro, come avrebbe fatto la nonna.

Mi era venuto un sacco da piangere, non per il gelato ma perché il nonno era cattivo. Però non avevo pianto, mi ero tenuta il magone, una roba dentro che mi scoppiava il petto.

Chissà perché uno si ricorda certe cose invece che altre.

Ecco, magari questa cosa del gelato spiaccicato la racconto alla psi quando non ho idea di cosa dirle.

Madre odia la nonna, però sulle cose importanti segue i suoi consigli: è stata la nonna a dirle di mandarmi dalla psi e di ricominciare a lavorare.

Quando madre dice che la nonna da giovane "faceva politica" secondo me un po' la ammira e un po' la invidia. La nonna era infermiera all'ospedale, come il nonno, erano tipo in un movimento.

«Avevano sempre qualcuno di cui occuparsi tranne me» si lamenta madre.

Madre è pesante, si lamenta troppo. Padre non si lamenta mai. Io fuori non mi lamento ma dentro sto male.

A volte penso che mi manchi tipo un enzima, una molecola, qualcosa di chimico che stimola la serotonina o l'ossitocina, quelle cose che fanno stare bene. Me l'ha detto anche Tere, che avrei dovuto prendere del litio, non so, qualcosa, come la tipa di *Homeland*.

Perché io sono sempre così in sbatti mentre Tere, padre, la nonna e un sacco di altre persone sono prese bene?

Penso che quel qualcosa mancasse anche a Jahseh – si sente da come canta – e che lui lo cercasse nelle droghe.

Jahseh però ha sempre fatto una vita assurda, fin da

piccolo. Io invece ho una famiglia, degli amici, non mi manca niente, non sono cresciuta per strada come lui che a sei anni aveva già tipo pugnalato uno che maltrattava sua madre.

Ok, i miei sono separati, ma in tra, niente di tragico. Di loro non voglio parlare con la psi.

Mi fa arrabbiare un sacco stare male.

Mi sento come quegli sfigati dei programmi che guarda madre in televisione, coi sentimenti al posto del cervello, che ogni due parole dicono «Sono me stesso» o «Sii te stessa». Sii te stesso anche meno. E se sei uno sfigato? Io voglio studiare, suonare, giocare a pallavolo, stare bene.

Non so quando è cominciato tutto e perché sto così.

È quasi un anno che non vado a scuola: da ottobre dell'anno scorso. Forse è iniziato con quella di Matematica che palesemente mi odiava.

Ho smesso di andarci il giorno della prima verifica e non sono più tornata.

Un po' alla volta ha cominciato ad andare tutto male. Ho smesso di fare i tornei di pallavolo. Ho smesso di suonare la chitarra. Ho quasi smesso di uscire. E alla fine Tere mi ha lasciata.

Ora che mi sono documentata so parecchie cose di Gabriele Münter.

È nata a Berlino nel 1877, famiglia molto benestante, la più piccola di quattro fratelli. A nove anni perse il padre e l'anno dopo un fratello. A vent'anni – mentre prendeva lezioni private di pittura da Ernst Bosch a Düsseldorf – morì anche sua madre.

Rimaste orfane, lei e sua sorella Emmy, di sei anni più grande, decisero di andare in America a trovare dei parenti della madre, e ci rimasero per due anni.

Mentre Ella ed Emmy Münter viaggiavano da New York al Texas attraverso il Missouri e l'Arkansas, Gabriele scattò centinaia di fotografie con la Kodak Bull's Eye no. 2 che le aveva regalato uno zio appena arrivata in America.

Io l'avevo vista, nella casa di Murnau, dentro a una teca: non doveva essere una macchina fotografica facile da usare.

«Puoi dirlo forte, bellezza! Non avevo la camera digitale come il tuo Doug. Il quale, per inciso, avrà anche gusto ma non è un artista. Hai idea di come vada tenuta la Kodak Bull's Eye no. 2 e di quanto pesi? No che non ce l'hai. E fammi il piacere di non chiamarmi Ella, che mi chiamava così solo mia sorella» sbraita la Voce.

Ormai ci sono abituata: Gabriele mi legge nel pensiero e mi maltratta, ma non è cattiva. Dice solo quello che pensa, senza preoccuparsi di ferirmi.

«Bellezza mia, ci sarà qualche vantaggio a esser morti. Vai avanti, dai. Vediamo cos'hai imparato su di me» mi punzecchia.

Ho letto che fu nel 1902, tornata in Europa, che decise di trasferirsi a Monaco per iscriversi alla Phalanx School di Vasilij Kandinskij, una delle poche scuole d'arte aperta anche alle donne, perché voleva prendere lezioni di scultura e di nudo.

Kandinskij aveva undici anni più di lei e una moglie russa. Di Gabriele disse subito che aveva un talento così grande che lui non aveva niente da insegnarle.

«Quel paraculo» chiosa Gabriele. «La prima volta che mi ha baciata non sapevo che fosse sposato, ma ci sarei stata lo stesso.»

Si misero insieme poco dopo essersi conosciuti, durante un seminario di pittura all'aperto, sulle Alpi bavaresi, e da subito iniziarono a viaggiare.

«Per stare alla larga dalla moglie, che abitava a Monaco! Vasilij diceva che io ero la compagna che aveva sempre desiderato, mentre sua moglie Anja pensava di aver sposato uno studioso – a Mosca lui aveva studiato Diritto ed Economia politica – e sperava che prima o poi gli passasse la fantasia di dipingere. È stato con me che Vasilij ha cominciato a credere veramente in se stesso come artista» si vanta la Voce.

Per anni lavorarono e viaggiarono in tutta l'Europa e il Nord Africa, poi coi soldi rimasti della sua eredità Gabriele Münter comprò il cottage nel villaggio di Murnau, vicino a Monaco, che diventò il loro atelier, il loro rifugio e il punto di incontro degli artisti del *Blaue Reiter*, il *Cavaliere Azzurro*.

«Misi piede a Murnau per la prima volta durante un'escursione di tre giorni ai laghi Starnberg e Staffel, nel giugno del 1908» precisa. «Con Vasilij eravamo stati ovunque: Olanda, Tunisia, Sassonia, Belgio, sulla riviera francese, a Parigi, in Svizzera, a Berlino, anche a Rapallo e dalle parti di Merano, ma ci credi che panorami come quelli di Murnau, tra laghi e colline, non li avevo mai visti?» s'infervora. «Ci sono tornata in agosto con lui. Vennero anche i nostri amici pittori Alexej e Marianne. Prendemmo due stanze alla Griesbräu, li avrai visti i miei quadri dalla finestra della pensione: *Aussicht aus dem Griesbräu-Fenster*. Li citano tutti perché fu la prima volta che usai la spatola invece del pennello. Per me quello fu un clic liberatorio, un'epifania» mi confida.

Fu dopo quell'estate che decisero di comprare casa a Murnau, il posto che li aveva più ispirati.

Dipinsero la mobilia e le pareti dei loro colori: giallo, azzurro, rosso. Su molti mobili e sulle scale di legno avevano disegnato i fiori, i cuori e le scene di caccia che mi avevano incuriosita nella visita a Murnau, perché sembravano opera di due fricchettoni innamorati invece che di due grandi artisti.

Anche i libri che avevo scorto nella piccola libreria rossa e gialla mi erano sembrati da ragazzi: *La pelle di zigrino* di Balzac, *I tre moschettieri* di Dumas...

«Gli artisti sono ragazzi anche a ottant'anni, figurarsi a trenta. Però mi fa piacere che tu abbia sentito l'atmosfera del posto, pensa che quella Nina si permette di scrivere nella sua sciocca autobiografia che Kandinskij è stato felice solo con lei, che con me era inquieto e sofferente... Con me Kandinskij è diventato Kandinskij! E a Murnau siamo stati più che felici, lo si capisce dalle nostre opere di quel periodo, no? Eravamo... ispirati, e appassionati. Dipingevamo, zappavamo l'orto, curavamo le rose, suonavamo, litigavamo... Tu hai mai sentito di innamorati che non litigano?»

«È quello che ho sempre pensato anch'io quando litigavo con Doug, ma la mia psicanalista dice che certe persone non lo sopportano» rispondo.

«Buona, quella» sbuffa la Voce. «Cosa vuoi che ne sappia degli artisti. Le nostre discussioni erano feconde. È stato proprio in quegli anni che Vasilij ha iniziato a dividere le sue opere in *Impressioni, Improvvisazioni* e *Composizioni*. Hai visto la *Composizione VI* all'Ermitage? E la *Composizione VII* a Mosca? E *La piazza rossa*? E *Vita variopinta*? I suoi capolavori!

A Murnau Vasilij creò più di trentacinque *Improvvisazioni*, ti ricorderai almeno la XXVI, quella che conoscono tutti.

Se invece ti confesso che non amo le forme ameboidi dei suoi ultimi anni in Francia pensi che sia gelosa?»

«No, però *Blu cielo*, con le piccole amebe, è una delle mie opere preferite» rispondo, un po' perché è vero e un po' per farle dispetto. «E anche la *Composizione X* con lo sfondo nero» aggiungo. Da quando la Voce mi perseguita ho dovuto ripassare Kandinskij.

«Pfff» sbuffa. «... Ai nostri tempi il nero lo odiava, ma non mi stupisco che dopo vent'anni con Nina si sia dato al nero e alle amebe. Povero Vasilij: i suoi genitori lo portarono in viaggio con loro in Italia quando aveva solo tre anni. E dopo quel viaggio si separarono!»

La Voce si mette a recitare: «"Passo con mia madre,

viaggiando in una carrozza nera, su un ponte: venivo portato a Firenze in una scuola materna. E ancora una volta il nero: gradini che scendevano nell'acqua nera, su cui galleggiava una lunga barca, terribile, nera, con una cassa nera al centro: salivamo di notte su una gondola..." Vasilij mi confidò che le sue prime ispirazioni artistiche nacquero proprio dalle paure di quel viaggio. Per quello volle che ci tornassimo insieme: a Venezia, a Firenze e a Roma dove era stato coi suoi, ma anche a Palermo, Napoli, Bologna e Verona. E un anno svernammo in Liguria: arrivammo a Genova a dicembre, andammo a Sestri Levante e poi ci stabilimmo a Rapallo da gennaio alla fine di aprile. Io avevo ventinove anni e lui trentanove. Anni straordinari...!» si emoziona Gabriele.

Come tutti gli studenti d'arte, anch'io al liceo ero stata sedotta dalle teorie di Kandinskij sui colori, le forme e le linee, e soprattutto dal suo principio della "necessità interiore": "La cosa più importante riguardo al problema della forma è se la forma scaturisca o meno da una necessità interiore".

A Ravenna l'insegnante di Discipline pittoriche non smetteva di ricordarci che la prima opera allegata allo *Spirituale nell'arte* era proprio il mosaico del corteo di Teodora e Giustiniano della nostra Basilica di San Vitale, quello che ispirò anche Klimt per il *Ritratto di Adele Bloch-Bauer.*

«Per non parlare del tuo Dante, bellezza: "Cesare fui e son Iustiniano, che, per voler del primo amor ch'i sento, d'entro le leggi trassi il troppo e 'l vano"» si mette a declamare la Voce. Oggi è proprio salita in cattedra.

«Vasilij adorava i mosaici, ma a Ravenna purtroppo non siamo stati insieme, ci andò con Nina, quando aveva già sessantacinque anni» sbuffa. «Gli sarebbe piaciuto il tuo nome, Galla» aggiunge, improvvisamente gentile. «Nel nostro appartamento di Monaco avevamo due riproduzioni dei mosaici, di Galla Placidia e di San Vitale, a Ravenna: Vasilij diceva che i mosaici bizantini sono opere magiche. Lo sai che l'imperatrice Galla Placidia ti somiglia davvero, con gli occhi etruschi e i capelli scuri che hai? Dovresti ispirarti alla sua regalità invece di lasciarti andare così: più Galla e meno Placidia!»

Quella che viene dalla Del Fante dopo di me non è niente male: un po' magra ma bel culo.

Ha il viso sciupato, ma mi son fatto di peggio.

Quando la incrocio nell'ingresso della dottoressa mi sorride: se non fossimo qui l'avrei già invitata a bere un caffè, ma poi come faccio a dirlo alla Del Fante?

Sono migliorato, non ci provo più con tutte.

Non mi faccio più le vecchie, le brutte, le pazze e le donatrici.

La Del Fante è contenta, dice che stiamo lavorando bene, posso mai raccontarle che c'ho provato con una sua paziente?

E se glielo nascondo cosa vengo qui a fare, che è un bel sacrificio di soldi e di tempo?

Quindi lascio stare, anche se tutte le volte che incontro *Bel culo* ci penso. Sono sicuro che ci starebbe perché cerca il mio sguardo.

Devo raccontarlo alla Del Fante. Devo dirle tutto quel che mi passa per la mente.

«Questa è la sua analisi, qui può dire quel che vuole» ripete.

Posso mai dirle che mi farei anche lei?

La Del Fante non è bella, ma è placida come una mucca, bianca e mansueta, chissà come sarebbe a letto.

Le donne a letto sono diverse da come sono nella vita.

Le prepotenti amano farsi sottomettere, le razionali sono fantasiose, le strafighe distratte, le ansiose imprevedibili, le timide vulcaniche: solo facendoci sesso capisci la vera natura di una donna.

Rosa era un maschio: le piaceva scopare bruscamente e non tirarla troppo per le lunghe.

Era una donna impossibile, mai contenta, eccessiva e lunatica.

Nicola, non devi pensare a lei. Nicola, cazzo, non pensare a lei.

Quando penso a Rosa vado in paranoia.

Faccio fantasie in cui le succede qualcosa di brutto: si ammala, perde il lavoro, il tizio con cui sta adesso la lascia. Ogni giorno invento nuovi particolari – più volte al giorno – su come soffre e come mi rimpiange.

La Del Fante dice che quando mi vengono queste fantasie devo sforzarmi di tornare nella realtà, fare qualcosa per distrarmi, qualunque cosa.

Per ora l'unica cosa che mi calma è cercare un'altra donna.

Ormai sono abituata a Gabriele, ma i primi tempi mi spaventava e ne ho parlato ad Anna Del Fante.

Lei mi ha tranquillizzato: «Anche i bambini soli si creano un amico immaginario» ha detto. «Lei è molto sola adesso.»

Io so che non me la immagino, la Voce, ma mi va bene che Anna Del Fante lo pensi. Ha già tante preoccupazioni e non voglio che si agiti per me. Sembra tranquilla, ma non può esserlo con quel che le è successo. Ha dei figli piccoli. Come fai a dirgli che il padre è stato investito da un'auto in pieno centro, un giorno qualunque? E a fartene una ragione? Eppure lei ha ripreso a lavorare.

L'ammiro: da quando Doug mi ha lasciato io non combino niente. Forse se avessi dei figli lo farei, ma non devo preoccuparmi di nessuno, e nessuno si preoccupa per me, tranne le mie zie rincoglionite e Alessandra.

E un po' Anna Del Fante, anche se lei è pagata per farlo, come mi ripete la Voce, senza mai dimenticare di aggiungere: «Peccato che lo faccia male».

Forse l'essere che comincio a sentire più vicino è proprio lei, Gabriele.

Ho incorniciato un grande poster comprato alla

Lenbachhaus con uno dei suoi dipinti che preferisco: *Dame im Sessel, schreibend (Stenographie. Schweizerin in Pyjama), Signora che scrive in poltrona*, col sottotitolo *Stenografia: donna svizzera in pigiama*. Lo tengo in soggiorno appoggiato al muro.

Chissà chi era quella donna, se l'ha incontrata nei due anni in cui è stata in Svizzera con Kandinskij prima che lui partisse per sempre. Quando scoppiò la guerra tra Russia e Germania scapparono in Svizzera per un anno, e si portarono anche Anja, la prima moglie, ormai amica di entrambi.

A me la *Signora che scrive in poltrona* ricorda Anna Del Fante quando prende appunti, ha la stessa posizione diligente e la pettinatura che vorrei si facesse fare da Pier Moroni. Anche i colori del dipinto sono i suoi: l'azzurro e il rosso.

Non lo dico alla Voce perché darebbe i numeri, ma per me la donna del suo dipinto è Anna Del Fante.

Ascolto tutto il giorno *The Remedy for a Broken Heart* di Jahseh.

Madre non sa che ascolto solo quella canzone ma alla psi l'ho detto. Mi ha chiesto di dirle le parole.

Le ho spiegato che ripete sempre la stessa frase: "*Why am I so in love?*", *Perché sono così innamorato?* è il ritornello. Poi racconta una storia d'amore infelice, soldi, erba, ma l'importante è come canta *Why am I so in love*.

Si sente che sta proprio male, come sto male io, che è disperato ma lo sa che non si dovrebbe soffrire così tanto, che non è giusto, che c'è qualcosa sotto di sbagliato. Cosa?

È questo che mi domando tutto il tempo.

Non voglio chiederlo alla psi. Lo so che è stupido soffrire perché Tere non mi ama più. Le cose stanno così, capita: anche io ho smesso di amare Cava, prima di star con lei. Non potrai mai stare bene con qualcun altro se non stai bene da solo.

Jahseh io lo chiamo così, con il suo vero nome. Jahseh Dwayne Onfroy, non XXXTentacion come tutti.

Alla psi ho spiegato che non era solo un rapper, che aveva uno stile suo, un po' punk, un po' emo.

La psi fa sì con la testa. Non credo che lo abbia mai sentito nominare, ma a me piace parlar di lui.

Con madre non posso, perché andrebbe a guardare e si agiterebbe – *Ma com'è morto, ma quei tatuaggi in faccia, ma era drogato* – e inizierebbe a pensare che voglio essere come lui.

Con padre non voglio perché so che non lo capirebbe e lo liquiderebbe con uno dei suoi commenti spiritosi, e non lo sopporterei. Non vale la pena rischiare.

I miei amici credo si siano stufati che ne parlo sempre.

Anche se continuo a pensare che sia palese quanto era bravo, e com'è assurdo e sconvolgente che sia morto.

A madre ho provato a spiegare che io a scuola ci vorrei andare, non lo faccio apposta, ma proprio non riesco fisicamente, mi blocco sulla porta, sto male.

Lei non mi vede perché si alza presto per aprire il negozio ed esce alle setteunquarto, quando ho la sveglia io.

Prima ai trentadue uscivo di casa, ai quarantuno passava l'autobus e alle settecinquantasei ero davanti al portone in tempo per fumarmi una paglia prima di entrare. Adesso tutte le sere mi lavo e metto i libri per il giorno dopo nello zaino: la mattina dovrei solo vestirmi, prendere qualcosa da mangiare in cucina, lavarmi i denti e andare, ma mi blocco sulla porta e non riesco a uscire. Sto in piedi lì davanti due minuti, poi mi siedo per terra. Mi viene la nausea, sudo, ho freddo, a volte vomito.

Madre comprensibilmente diventa matta. Tutti i giorni tra le setteunquarto e le settetrequarti mi manda trenta messaggi, chiama, fa casino.

Io la illudo ogni sera: domani vado, stai tranquilla, vedrai che vado.

Ci credo davvero quando lo dico, ma poi non ci riesco.

Due o tre volte voleva accompagnarmi lei ma è andata malissimo: oltre alla nausea ero terrorizzata e non riuscivo a respirare, come se dovessi morire.

Una volta ha provato a venire padre: peggio. E mi sono vergognata un sacco.

Ogni giorno, quando madre capisce che non sono andata a scuola, reagisce in modo diverso.

Ogni tanto è comprensiva, ogni tanto urla. A volte piange. Poi magari cerca di consolarmi.

Di nascosto la sento litigare al telefono con padre e dirgli che è colpa sua, ma io non voglio occuparmi dei cazzi loro, pensino quel che vogliono.

Lui almeno fa finta di niente, non rende tutto una tragedia. Dice che passerà, che anche lui non aveva voglia di andare a scuola alla mia età. Come se fosse quello. Io glielo lascio credere, perché in ogni caso non saprei spiegarlo. Almeno lui non mi sta addosso.

Quando vado a cena da padre ordiniamo il sushi, parliamo di sport, di musica, oppure non parliamo e ognuno guarda le sue serie.

Padre è più divertente di madre, ed è più facile stare con lui. Non vuole parlare a ogni costo di quello che penso e che mi succede o far delle cose insieme a me.

Però da quando sto male non dormo più a casa sua, non riesco. Una volta alla settimana mi viene a prendere, mangio da lui e per le dieciemmezza torno nel mio letto, dove sono al sicuro.

Ovviamente l'anno scorso mi hanno bocciata per le assenze. È stato allora che madre mi ha imposto di venire da una psi che ha trovato la nonna.

Se non venivo mi buttava fuori di casa – così diceva, poi io non ci credo –, quindi ho accettato, perché ok, con padre sto bene, ma primo ho un gran bisogno del mio letto, secondo riconosco di non poter mangiare sushi tutte le sere, terzo in fondo un po' mi dispiace per lei, anche se dice che sono uguale a padre, che prima impazziva per lui e ora per me.

Quando fa questi discorsi io torno a letto ad ascoltare Jahseh, anche se siamo a metà cena. Ormai lo sa e si regola.

Che poi magari fossi uguale a padre, tranne per la cosa dei tradimenti che lì è stato pessimo.

Io l'ho sempre saputo che stava con delle altre, perché mi dava il suo telefono per giocare e leggevo i suoi messaggi da quando avevo tipo dieci anni.

Lei con lui fa la vittima, lui con lei fa lo stronzo, ma devo ammettere che con me sono sempre stati stracarini.

Non sono arrabbiata con loro due.

Tere diceva che dovrei.

Tere pensava che stessi male perché si sono separati, diceva che il primo anno l'ho fatto in apnea e poi quella roba lì mi è cascata addosso e che, anche se non me ne rendo conto, ho smesso di andare a scuola per fargliela pagare.

Tere pensa di sapere sempre tutto e se non le dai ragione s'incazza.

Quando Tere ha cominciato a provarci con me, tutti i nostri amici dicevano: «È perfetta per te. Bionde uguali, strane uguali, vi piace la stessa musica».

Ci mandavamo tipo cinquecento foto al giorno. Tutto quel che mi succedeva lo dicevo a lei, e lei a me.

Il giorno che hanno sparato a Jahseh eravamo insieme. Ho pianto così tanto che mi sentivo soffocare. Cioè, ma si può essere uccisi a vent'anni?

Tere mi consolava e mi baciava sulle mani perché io mi coprivo la testa, e mi ricordo di non averla mai amata così tanto. Anzi, no: so che da quando mi ha lasciata la amo di più. Prima ogni tanto pensavo che avrei preferito vedere Alice o Cava o uscire tutti insieme.

Adesso non faccio che darmi della scema e ascoltare *Why am I so in love?*, per tutto il giorno.

Ieri Charlotte è uscita dallo studio con la faccia stravolta. Piangeva, non mi ha neanche vista.

In quel momento ho pensato tantissimo a quanto vorrei suonare la chitarra, giocare a pallavolo, prendere degli aperitivi e andare a ballare come prima, e a com'è stupido e faticoso piangere, con tutte le cose che ci sono da fare, come dice mia nonna.

La caccia alle donne mi distrae dal pensiero di Rosa e mi placa, come quando da bambino per dimenticare i casini di mio fratello rubavo cioccolatini: l'adrenalina mi distraeva e il bottino mi ripagava dell'ingiustizia di avere un fratello così.

Quando mi vengono i pensieri ossessivi su Rosa prendo il secondo cellulare e mando un messaggio a una donna.

Sento due o tre ragazze per volta, ne ho sempre una di riserva, in fasi diverse dell'operazione: avvistamento, aggancio, scambio dei numeri di telefono, prima settimana di messaggi, seconda e a volte terza settimana di messaggi, primo incontro per un caffè, primo aperitivo, secondo aperitivo se serve, prima settimana di messaggi dopo la prima volta, messaggi che si diradano, seconda o terza volta. Quarta volta: rara.

Tutta l'operazione può durare anche tre mesi e non ne ho mai una sola in atto: tre sono l'ideale.

Ogni fase richiede una cura vigile che moltiplicata per tre significa scappatoia pronta ogni volta che mi prende il pensiero di Rosa.

Le donne le trovo in giro o sui social, Tinder non mi piace. Mi sono fatto dei profili Facebook e Instagram dove posto mie foto al mare, in montagna, o in qualche bar carino mentre faccio colazione. Tanto sport, tanta natura, qualche libro, una fetta di torta. Un po' di indignazione per questo o quel politico, senza distinzioni partitiche.

Ma è da quando c'è Mimì che ho raddoppiato le amicizie.

Le sue foto sul divano, e le mie in costume da bagno, sono le due immagini chiave del mio profilo, o "immagini chiava", come dice la mia amica Delfina, che ha il senso dell'umorismo di un bambino delle medie.

Le donne con cui provarci le seleziono esaminando attentamente i profili: evito quelle che scrivono frasi contro gli uomini perché sono lagnose e vogliono accasarsi, mentre quelle con le foto in costume da bagno di solito vogliono divertirsi, come me.

So esattamente cosa vogliono sentirsi dire le donne: che sono belle e che mi fanno sentire come non mi ero mai sentito prima. E io glielo dico.

Il primo appuntamento è per un caffè. Il secondo per l'aperitivo.

Quelle che bevono vino rosso o analcolici sono più lunghe da portare a letto.

Quelle che iniziano con mojito o spritz dopo un paio sono pronte.

Dopo il secondo drink – mai più di due se no si ubriacano e non c'è gusto – dico che devo dar da mangiare alla mia gatta e che se mi accompagnano un attimo a casa poi possiamo andare a un giapponese lì vicino.

Faccio il simpatico: «Sembra una scusa, vero? Tipo la collezione di farfalle. Ma ho una gatta bulimica, guarda com'è grassa». E mostro la foto di Mimì sul cellulare.

Mimì le rassicura e le fa ridere. Vogliono sapere da quanto ce l'ho, da dove arriva, tutto quanto. Non racconto che me l'ha rifilata mio fratello, dico che l'ho presa al gattile.

Sono intenerite dalla sua ciccia, immaginando che io la vizi, mentre è arrivata già così, di nove chili.

Quelle che intuiscono la tecnica sorridono e fanno finta di niente, tanto vogliono quel che voglio io.

Di solito, se sono gattare, al primo aperitivo è fatta, se invece preferiscono i cani ne serve un secondo. Quelle che non amano gli animali le lascio perdere perché sono egoiste anche a letto.

Se penso che non volevo saperne di tenere il gatto di mio fratello. Invece Mimì mi ha risolto la vita. O almeno, la conversazione: quando saliamo in casa è un argomento sicuro con tutte.

Dopo averle dato da mangiare il suo cibo speciale per gatti sovrappeso, dettaglio che delizia tutte quante, racconto alle mie ospiti che ho avuto solo gatti tricolore perché sono sempre femmine, quindi più intelligenti.

A "intelligenti" abbasso gli occhi, li rialzo e le fisso tre secondi.

A quel punto dico: «Fammi vedere se ho delle bolle in fresco che qui ci sta un brindisi». E vado a stappare il Franciacorta gelato.

La frase sulle femmine intelligenti può essere interpretata in modi diversi, ma vanno bene tutti. Possono pensare che mi riferisca a loro e ne sono gratificate, oppure che ricordi una donna troppo intelligente che in passato mi ha fatto soffrire, e scatta l'effetto crocerossina. Le più sveglie pensano solo che mi prenda in giro, e apprezzano l'autoironia.

In ogni caso sono contente, e poi il Franciacorta piace sempre, è buono come lo champagne ma meno ridondante.

Servo il vino sul tavolino basso accanto al divano, dentro alle coppe ereditate da mia madre. Vietati i calici e tutto l'armamentario dei seduttori scontati, dalle candele alle lenzuola scure.

Su WhatsApp evito i luoghi comuni, i "Buongiorno principessa" e tutti i messaggi sciatti. Non farsi vivo per tre giorni e poi mandare un messaggio di servizio come "È oggi che vai dal dentista?" come se fossimo fidanzati funziona sempre. Soprattutto se il messaggio successivo è di tenore completamente diverso.

Non ho mai scritto sdolcinature o banalità. Passo da un messaggio gentile a uno vago a uno spiritoso, in modo imprevedibile. Soprattutto nella fase iniziale essere imprevedibili è la carta vincente.

La parte dell'operazione che si svolge sul divano in fondo è la meno divertente: quel che più mi appassiona e mi distrae dal pensiero di Rosa è la fase uno, quella della caccia. Per quello evito i siti di incontri, è tutto troppo facile, non fanno per me.

La fase due scatta al Franciacorta.

Al momento del brindisi le guardo sorridendo e strabuzzando un po' gli occhi, come a dire "Lo so che vuoi che ti fissi mentre brindiamo e penso sia una minchiata, ma mi piaci così tanto che lo faccio".

A quel punto, a seconda del tipo di donna, appoggio il bicchiere e in tono secco le dico di spogliarsi oppure comincio io a sbottonarle la camicia.

Alle estroverse piace essere comandate, le impacciate si buttano: ho avuto pochissimi rifiuti. Quando capita non insisto, ma smetto di chiamarle.

La prima volta le lecco.

Che stiamo insieme una volta sola, tre o quattro – che per me è il massimo –, le faccio venire sempre per prime, per lasciare un buon ricordo, utile se mi serve un ripescaggio dell'ultimo minuto.

I ripescaggi sono rari: solo in due o tre casi sono ricomparso, e aver lasciato un buon ricordo è stato cruciale.

La prima volta, subito dopo averlo fatto, divento tenero. Le bacio in fronte, poi tutto allegro propongo "quel giapponese in sospeso".

Se suggeriscono di ordinare a casa sostengo di esser contrario al delivery perché sfrutta i rider.

Qualcuna accetta il giapponese, qualcun'altra deve rincasare.

A chi propone di cucinare a casa dico che sono un disastro e ho il frigo vuoto, che la prossima volta. Non voglio creare precedenti domestici. L'ho fatto con Rosa e guarda com'è finita.

Di giapponesi economici vicini ne ho due. Se non mangiano giapponese c'è il pugliese qua sotto che fa le orecchiette col pomodoro buonissime.

Se sono fortunato devono rientrare senza cena per via dei figli, dei genitori o della sveglia presto la mattina dopo. In qualche caso per via del marito.

Quelle con marito e figli sono le migliori.

Un paio le ho viste fino a quattro volte ma la mia media è tre, già dopo la seconda dirado i messaggi e dopo la terza non mi faccio più trovare.

Riappaio magari dopo dieci giorni, salutando educatamente e spiegando che "Scusa se sono sparito ma mi sono imprevedibilmente rimesso con la mia fidanzata storica, volevo sapessi quanto è stato bello conoscerti". Qualcuna mi manda giustamente affanculo.

La variante è un "Tesoro mi sa che sono troppo incasinato e tu sei troppo in gamba per me, meglio finirla qui".

Questa ha il limite che qualcuna insiste, pretende di "insegnarmi ad amare", ma dopo un mese di silenzio di solito desiste.

Con una sola, Delfina, siamo diventati amici.

A me sarebbe piaciuto avere dei figli e Doug diceva che a lui andava bene quel che volevo io.

Quando dopo quindici anni abbiamo smesso di provarci sono rimasta incinta, ma all'inizio del quarto mese ho avuto un aborto spontaneo.

Ci sono state complicazioni, un'emorragia fortissima, ho dovuto togliere l'utero e fare trasfusioni per la talassemia.

La ginecologa ha detto che certi embrioni non possono nascere, che è il corpo a decidere, soprattutto alla mia età, e non è stato per la talassemia.

Non mi sento in colpa per aver perso il bambino, ma per aver perso Doug sì.

Doug è una persona che si piace: non penserebbe mai male di sé. Gira sempre tutte le cose in modo da fare una buona figura con se stesso. Ha ragione. È così che si fa.

Ad esempio adesso sono certa che pensa: "Sono stato bravo, sono rimasto con lei per più di vent'anni". Non: "L'ho lasciata proprio quando aveva più bisogno di me".

Io invece penso spesso male di me stessa. Bisogna piacersi, dice Anna Del Fante. Lui lo fa.

Io non so perché non ho mai imparato.

Certuni sono fatti così, come se li avesse punti l'arcolaio magico, come se avessero addosso una maledizione lanciata sulla culla dalle streghe.

In carcere è pieno di persone che non si amano. Forse è per quello che io ci sto bene.

Non lo so perché siamo fatti così e mi sono anche stancata di pensarci. Si vuol quasi più bene alle cicatrici, alle ombre, che non ai regali di natura per cui non si hanno meriti.

Ho letto una frase di Munch che diceva: "Senza paura e malattia la mia vita sarebbe una barca senza remi".

Questa cosa Doug non la tollerava. Diffidava del dolore. Godeva dell'arte, ma non sopportava l'idea che potesse nascere dalla sofferenza.

Io lo sapevo che il dolore degli altri è insopportabile, l'avevo capito con mia madre. Non avrei dovuto essere così triste.

Quando ho perso il bambino e ho cominciato a fare le trasfusioni per un po' mi sono ammalata di tristezza. Lui del bambino non parlava mai, e faceva bene. A cosa serve?

Doug è sempre stato più equilibrato di me.

«Non idealizzarlo» dice Gabriele. «Tu sei più vitale di lui. Ti ha succhiato energia fino a che gli è servito. E quando ti sei depressa ti ha lasciato.»

«Adesso basta, eh» mi ribello. «Pensa ai fatti tuoi. Doug non è uno stronzo e io non sono depressa.»

Si avrà pure il diritto di lasciare qualcuno, se non lo si ama più. Non è che si può rimanere incatenati per sempre.

Ma quando glielo dico lei risponde: «C'è modo e modo anche di lasciarsi. Lui ti ha lasciata nel momento peggiore e in modo vigliacco. Come Vasilij. Figurati se non capisco il tuo dolore, mi paragonavano al tuo Munch, sai?».

Anna Del Fante sostiene che molti matrimoni finiscono proprio dopo una malattia della moglie.

Il marito nel momento critico è presente, ma quando lei guarisce la lascia.

Dice che vedere le mogli malate li spaventa e quindi decidono inconsciamente che quello che fino a quel momento avevano ritenuto accettabile – i compromessi che tutte le coppie fanno per restare insieme – è diventato insopportabile.

«Il bambino non accetta la malattia della madre» spiega. «Per non soffrire si convince di non volerle più bene. Sente oscuramente che deve emanciparsi da lei. Suo marito potrebbe aver deciso qualcosa del genere.»

Doug non è un bambino. Io credo che mi abbia amata fino a che ha potuto e che dopo vent'anni si sia stufato di me. Penso che la mia malattia non c'entri: semplicemente, un giorno, ha calcolato costi e benefici e ha deciso che non voleva più amarmi, come dice la Voce.

Doug è così: una persona razionale, intelligente.

«Razionale, intelligente e con un pelo sullo stomaco alto così» sbotta Gabriele. «Fortuna che neanche voi avevate figli, come me e Vasilij. Gli uomini che lasciano moglie e figli sono ignobili. Ti fai fare dei bambini – te li fai portare nella pancia, nutrire, curare, proteggere per anni – e quando ti stufi della madre ciao ciao e se va bene li vedi un weekend sì e uno no?»

«Lo sai che sei una reazionaria?» mi ribello. «Quindi il divorzio per te non dovrebbe esistere?»

«Dovrebbe esistere eccome, ma solo per le donne. Le donne sono svantaggiate in tutto, sempre. Una società civile dovrebbe prevedere dei diritti speciali per risarcirle delle loro fatiche ancestrali. Così come l'aborto è di pertinenza femminile, dovrebbe esserlo anche il divorzio. Ti pare che uno ti usa finché sei giovane e forte e gli cresci i figli e poi quando invecchi e non gli servi più ti manda al diavolo? Non esiste!»

«Tu donna, invece, se vuoi puoi lasciarlo, il marito anziano?» cerco di argomentare.

«A parte che purtroppo non succede mai, perché noi abbiamo troppo cuore e senso del dovere, ma se volessimo sì, a noi dovrebbe essere concesso: leggi speciali a favore delle donne.»

Non so più cosa fare con Gabriele. Per fortuna in carcere non entra, almeno lì sto in pace.

Quando ho smesso di fare la modella, Doug ormai era un fotografo affermato. Ho iniziato a fare la stylist per le sue campagne pubblicitarie e i suoi servizi di moda e forse è stato allora che abbiamo iniziato a litigare.

Anna Del Fante dice che certe persone non sono capaci di litigare, che non possono farlo. Io ogni tanto avevo bisogno di sfogarmi, a costo di entrare in conflitto, come faceva mia madre con me, mentre lui non lo sopportava.

Non so quando ho cominciato a sentirmi meno amata, ma sembrava che da quando Doug aveva ingranato col suo lavoro non mi sopportasse più. Mi dispiaceva che volesse avere sempre l'ultima parola, mi feriva il tono brusco con cui mi parlava.

Ho sbagliato. Avrei dovuto adattarmi, mediare, dargli ragione.

«Non eri quel tipo di donna, Galla, non recriminare. Non ce l'avresti fatta. Lascia quel ruolo alle Nine Kandinskij» mi sussurra Gabriele.

Non sono d'accordo con lei. Se si ama bisogna imparare a tenere a bada il proprio ego.

«Sì, ma devono volerlo tutti e due!» sbotta lei, che sa sempre cosa penso.

Ormai Gabriele la conosco bene.

Ho guardato tante sue fotografie: ha gli occhi azzurri, i capelli bianchi pettinati all'indietro, il viso tondo.

Era più bella a ottant'anni che a trenta, quando stava con Kandinskij.

È morta sessant'anni fa ma è ancora arrabbiata con lui, e adesso un po' anche con Doug.

Io mio marito lo difendo. «Sono io che non lo capivo, se lo avessi capito non avrebbe smesso di amarmi.»

«Sei tu che non capisci che ti ha lasciata quando non ha avuto più bisogno di te» insiste.

«Forse mi ha lasciata perché ha capito di non potermi dare quello che chiedevo.»

«Sì, buonanotte» si spazientisce. «Ha preso quel che gli serviva e poi ciao.»

«Se lo avessi accettato com'era non sarebbe successo. Invece lo criticavo, non ero mai contenta.»

«Solo tu avresti dovuto cambiare? Perché lo difendi sempre? Poteva anche dirtelo cosa non gli andava, invece di chiudersi come un orso» mi incalza.

«Se non mi amava più cosa doveva fare? Le persone si lasciano.»

«Poteva continuare a volerti bene. Non si lascia la moglie dopo tanti anni e quel che ti è successo.»

«Doug... non è una persona convenzionale» tento di difenderlo fino all'ultimo.

«Infatti, è solo un ragazzino opportunista ed egoista, e tu dovresti piantarla di darti tutte le colpe» conclude Gabriele.

Dice che ormai è in pace, ma a me sembra ancora molto gelosa di Nina: «L'ho incontrata una sola volta, a Monaco, a una mostra del *Cavaliere Azzurro*. Vasilij era morto da cinque anni e lei faceva la gentile: "Se viene a Parigi sarei lieta di poterla ricevere, madame Münter. Le interesserà vedere le opere del periodo parigino di Kandinskij". "Non viaggio mai" le ho risposto. Poi ho cercato di evitarla tutta la sera. Cosa potevamo dirci io e una che chiama il marito per cognome. Vasilij era uno stronzo e lei mi faceva pena. Quella sera le ho sentito dire: "Una donna che ama davvero un uomo deve annullarsi davanti a lui. Io l'ho fatto con Kandinskij: per questo abbiamo formato una coppia così felice". Pensa che cretina. E tu volevi essere come lei?».

Gabriele fa tanto la femminista, poi se la prende con Nina. Le donne dovrebbero sempre capirsi, essere solidali tra loro, non essere nemiche: come in carcere, dove si sta tutti dalla stessa parte.

In carcere i nemici sono quelli di fuori: i magistrati che non danno i permessi, i pm, i giudici che ti condannano. Dentro tutti si aiutano: calabresi, magrebini, pugliesi, serbi, campani.

Nel nostro reparto ci sono solo tre lombardi. Uno è Fabrizio, detto il Conte.

Porta camicie azzurre e pantaloni con la piega, mentre gli altri vivono in jeans o tute da ginnastica. Ha un ciuffo di capelli grigi sulla fronte che butta all'indietro con le mani affusolate. A differenza di tutti gli altri non porta anelli o catene e braccialetti, e non ha tatuaggi. Mentre canta massaggia le spalle di Samir che gli sta davanti. Samir è un tunisino di trent'anni col quale fuori il Conte forse non avrebbe mai parlato. Qui dentro sono diventati grandi amici.

Quando sto in carcere sono anch'io una del gruppo: noi siamo gli artisti del coro. Gli altri sono quelli di fuori.

I miei compagni del coro mi rispettano.

Chissà cosa direbbero se gli raccontassi di Doug. Probabilmente qualcosa di galante nei miei confronti e di sgradevole nei suoi: sono sempre gentili con le signore. Un paio di loro mi guarda fisso, anche se in questi mesi ho sempre le occhiaie scure e sono più gialla che mai. Non c'è niente di male se fanno qualche fantasia su di me, in carcere i sogni servono, come il sogno del *barbun* di Jannacci: *El portava i scarp del tennis, el parlava de per lù, rincorreva già da tempo un bel sogno d'amore.*

Succede che i detenuti si innamorino delle volontarie se non sono impegnate. In caso contrario non si permettono e io ogni tanto nomino Doug perché non pensino di fidanzarsi con me.

Al Conte il nome di mio marito fa ridere: «Dog come cane?».

«Si pronuncia Dag, con la a, è americano» rispondo.

Al Conte manca la erre e parla da uomo di mondo.

Fa battute acute e divertenti sui testi delle canzoni, i compagni, il maestro.

Se fossimo stati a scuola insieme sarebbe diventato il mio compagno preferito: da ragazza ero allegra, anche se ora non si direbbe.

Un pomeriggio mi ha raccontato che aveva una casa al mare e una in montagna e si è giocato tutto.

«E cosa ci fai qui?» gli ho chiesto. «Pensavo ci fossero solo persone con reati legati alla droga.»

«Tentato omicidio» ha risposto guardandomi dritto in faccia. «Ho dato una coltellata alla mia compagna mentre ero sotto cocaina.»

Al mio «Ti spiace se passiamo a dar da mangiare alla gatta» Delfina si è strozzata col suo vino bianco: «Una gatta affamata, che metafora perfetta, Nicola sei un grande!». E non la smetteva più di ridere. Delfina è fantastica.

Quella sera stessa, sul divano, dopo avere scopato, mi ha raccontato di suo marito e io di Rosa.

Delfina insegna Storia e Filosofia qui a Milano, in un liceo scientifico di viale Marche, ma è di Gioia Tauro. È una matta coi polpacci da ciclista e i riccioli neri fino al culo.

Dice che a suo marito piacciono di più gli uomini, e che a lei sta bene così. Sono fanatici di concerti, fanno trekking, vanno a ballare il tango. Avevano un bellissimo cane ma quando è morto hanno detto "Basta animali, si soffre troppo e poi così siamo liberi di viaggiare". Si adorano e fingono di ignorare i reciproci amanti.

È stata Delfina a parlarmi di Rosa Luxemburg e a dirmi che la mia Rosa le somiglia e io somiglio a Leo Jogiches. Lo ha definito "il suo compagno di letto e di lotte", una definizione che sarebbe calzata anche per Rosa e me.

Delfina è in fissa con la Luxemburg. Quest'anno è il centenario della morte e ci ha fatto un lavoro coi suoi studenti, ma secondo me le piace che facesse impazzire gli uomini anche se era brutta e zoppicava.

Mi ha regalato un suo libro, e devo ammettere che le lettere a questo Leo somigliano a quelle che Rosa mia mandava a me.

Era davvero un genio, ma una gran cagacazzi, come Rosa mia.

In queste lettere non fa che spiegare a Leo quanto lo ami e quanto invece lui non la ami abbastanza. Gli insegna cosa dovrebbe dirle, cosa dovrebbe fare. Uguale a Rosa mia, che pretendeva di decidere tutto, anche quello che dovevo sentire io.

"Degnati di farmi lunghe dichiarazioni d'amore senza temere di abbassarti a chissà quale infimo livello se per una volta, almeno a parole, sei un minimo più generoso di me... Sii più magnanimo, maneggia con maggiore nobiltà le tue emozioni. Lo pretendo!"

Identica a Rosa mia. Io le dicevo: «Vuoi dettarmi direttamente tu quel che ti devo rispondere, per caso?».

Rosa mia era prepotente, impaziente, intollerante, convinta di avere sempre ragione.

C'è tanto da stupirsi che l'abbia tradita? Che abbia avuto bisogno di stare con una che almeno per un giorno non mi mettesse in croce?

Il libro che mi ha regalato Delfina s'intitola *Dappertutto è la felicità*, è una selezione delle lettere che Rosa Luxemburg mandava dal carcere – ci è stata nove volte – oppure da Parigi o da Berlino. In quel carcere freddo e orrendo riusciva a farsi emozionare dalle nuvole, dai cieli, dai canti degli uccelli. Ammetto che avesse una bella testa, ma come donna era troppo, per chiunque.

Dopo averlo lasciato perché secondo lei Leo non ricambiava la sua passione, si era messa con uno di quattordici anni meno di lei, figlio di una sua amica attivista.

Lo chiamava Dudu o Ninius: "Piccolo Ninius, non volermene ma devo partire per la Svizzera... Ieri è venuto Lenin, è la quarta volta. Con lui parlo volentieri, è colto e intelligente, e ha uno di quei brutti musi che mi piace tanto guardare" gli scriveva. Chissà il piccolo Ninius come era contento.

Pare che Lenin andasse matto per Mimì, il gatto di Rosa: "Lenin ha detto che solo in Siberia gli è capitato di vedere un animale tanto maestoso, l'ha definita un *barskii kot*, un gatto sontuoso" scriveva a Dudu.

Ho cominciato a chiamare la mia gatta Mimì dopo averlo letto: anche Mimì è sontuosa.

Mio fratello la chiamava solo "la micia", non le aveva neanche dato un nome.

«Rosa Luxemburg era una gattara come te» mi ha detto Delfina regalandomi il libro, «pensa che quando invitava qualcuno a pranzo apparecchiava per tre: il terzo posto era per la gatta. Le aveva insegnato a mangiare nel proprio piatto appoggiando le zampine sul tavolo.»

Io non arrivo a tanto: la ciotolina di Mimì la tengo sul pavimento accanto al frigorifero, in cucina, ma è vero che mi piace guardarla mangiare. È cosi felice mentre lo fa.

La Luxemburg fu assassinata a Berlino, due mesi dopo l'ultima scarcerazione, a quarantotto anni.

«La picchiarono col fucile, le spararono e la gettarono nel canale. L'hanno ripescata solo quattro mesi dopo» mi ha raccontato Delfina.

Io prego che finisca così male l'uomo con cui sta Rosa mia.

Dodici anni meno di lei, stile Luxemburg: Maurizio Bosatra – nome da fesso – ora è il suo assistente per le missioni africane al posto mio.

Passo dei quarti d'ora in trance, a fantasticare il modo in cui una squadraccia di pirati cattura Maurizio Bosatra e gli taglia l'uccello con un machete. In Somalia capita, non sarebbe strano.

Ogni tanto mi chiedo se mi sentirei in colpa nel caso succedesse davvero e mi rispondo di no.

Da quando io e Rosa ci siamo lasciati non sono più partito.

L'ultima volta che stavo per imbarcarmi per Mogadiscio mi è venuto un attacco di panico sulla scaletta dell'aereo, e sono dovuto tornare indietro.

Paura di volare uguale fine delle missioni. Vado dalla Del Fante – nonostante l'impegno e la spesa – perché devo guarire per forza.

Per adesso lavoro in ufficio, da Milano, e raccolgo fondi per l'organizzazione. Non mi piace, ma qualcuno lo deve fare.

Intanto Rosa continua a viaggiare, in Africa, con quel fesso di Maurizio Bosatra.

È la mia fantasia ricorrente che preoccupa la Del Fante più degli attacchi di panico: quella che mi perseguita a ogni dannato risveglio, ogni dannata mattina.

Ispirato da Leo Jogiches – che quando la Luxemburg fu ammazzata corse a Berlino a cercare i suoi assassini – mi metto a fantasticare che rapiscano Rosa mia (e taglino l'uccello a Maurizio Bosatra incapace di difenderla) e a quel punto io mi precipiti in Somalia a cercarla e prendano anche me.

Da qualche mese ogni mattina sogno a occhi aperti tutta la storia con nuovi dettagli.

Mi catturano e mi portano da lei. Ci tengono prigionieri insieme, nel deserto, per mesi. Finalmente lei non mi critica più, ha capito quanto valgo.

Maurizio Bosatra ovviamente è morto dissanguato per via del taglio dell'uccello, ma lei neanche se lo ricorda perché quando li hanno sequestrati il vigliacco ha fatto una pessima figura strillando e chiedendo pietà.

Ogni notte scopiamo per combattere il freddo del deserto. Ogni giorno parliamo di come fuggire e del nostro futuro. Fino a quando un rapitore si distrae e io decido che è arrivato il momento di scappare.

Dopo una fuga avventurosa torniamo in Italia e stiamo insieme per sempre.

O almeno, fino a quando lo decido io.

In carcere, Ferdi è uno di quelli che mi fissano, ma sembra sempre sul punto di piangere. Una volta abbiamo parlato e ho capito perché mi guarda: vorrebbe ritrarmi. Ha aperto la cartellina con gli spartiti e mi ha mostrato il ritratto di un compagno disegnato a matita.

«Facevo l'illustratore, ero bravo, ma ormai qui dentro disegno solo tatuaggi» ha detto sconsolato.

Non gli ho detto che anche io volevo fare l'illustratrice, da ragazza: è troppo tempo che non disegno più.

Ferdi è qui da un anno e teme di prenderne altri due. «Mi hanno arrestato per una lite, non sono un tossico. Solo che avevo dei precedenti di quando ero ragazzo e mi hanno portato dentro» ha detto.

«Uno al bar mi ha chiamato "ubriacone di merda" e gli ho tirato una sedia che ha sfasciato la vetrina, è arrivata la polizia ed eccomi qua.»

Dicono tutti di essere innocenti e forse lo sono davvero: essere dipendenti da droga e alcol è una malattia.

Ferdi era proprio bravo a disegnare, chissà perché si è ridotto così. Non voglio chiedere, ma ogni tanto ci penso.

Oggi alle prove eravamo su di giri perché avevamo fisarmonica, tromba, batteria. Mancava solo la chitarra.

L'unico detenuto che suona è Tommy, gli altri musicisti sono volontari e la ragazza che suona la chitarra in questi giorni è sotto esami.

Abbiamo fatto *Montagna de San Sir*, un vecchio swing di Nino Rossi che cantava Nanni Svampa.

Quando il ritornello fa: "*Me te see bella in controlus stasera, te guardi e te me paret vera. Te see costada lacrime e sospir, tomba di noster cà, Montagna de San Siiir*", i detenuti milanisti e interisti alzano il braccio in un gesto esultante.

Alla fine delle prove il Conte si è avvicinato con un foglio piegato in quattro e me l'ha consegnato dicendo: «Ti ho scritto questo». L'ho infilato nella tasca dei jeans e l'ho letto appena tornata a casa, sdraiata sul divano.

Nel biglietto c'era la sua storia.

Prima della compagna che ha accoltellato ("So di avere sbagliato e hai fatto bene a guardarmi male quando te l'ho detto") c'era stato un primo matrimonio. Era nata una bambina, ma era morta in culla a venti giorni, e sua moglie lo aveva lasciato.

Gabriele è passionale. A me piacciono le persone razionali e non sopporterei di stare con un sentimentale come me. Per questo capisco Doug, che mi ha lasciata.

Forse anche Vasilij era stufo delle discussioni e delle richieste di Gabriele. Lui ci ha messo una vita a divorziare dalla prima moglie, ma quando l'ha fatto invece di Gabriele ha sposato Nina.

Anche Doug adesso sta con un'altra. Una che ha dieci anni meno di me e lavora nel suo studio, in amministrazione. Ho chiesto ad Annika, l'assistente di Doug, com'è la sua nuova ragazza. Non avrei dovuto ma l'ho fatto, le ho scritto un messaggio, eravamo in confidenza.

Ha risposto: "Carina. Un tipo pratico, normale, che sa stare al posto suo".

Chissà da quanto tempo gli piaceva. Quando gliel'ho chiesto si è offeso. «Mi conosci. Fino a quando io e te stavamo insieme non ho fatto niente» ha detto, col ditino alzato.

So per certo che il mese dopo che se ne è andato di casa era a Parigi con lei, me lo ha detto Annika credendo sapessi tutto. "Vedi? Era passato un mese. Non stavo più con te" commenterebbe Doug, se glielo dicessi.

«Quando Bismarck fece nascere l'Impero tedesco con Berlino capitale io avevo sei anni e disegnavo già. La famiglia mi ha incoraggiata a seguire le mie inclinazioni e poi ho sempre lavorato, tranne quando Vasilij mi ha lasciata. Io ti capisco» dice la Voce.

Chissà perché oggi è così comprensiva.

«Quanto ci hai messo a riprenderti?» le chiedo.

«Quasi dieci anni» risponde sospirando. Inizia a recitare: «"Terribile cosa l'amore, se la sua vena non si effonde pura e limpida da cuore a cuore." Ti piace questa frase? L'ho letta in un romanzo americano. Quando l'ho recitata a Johannes mi ha chiesto: "Ancora ti tormenti per il tuo amante russo?".

Pensa che Johannes mi ha sostenuta per trent'anni, ha rischiato la vita con me per salvare le opere di Kandinskij da quelle teste di cazzo naziste, eppure anche qui nell'iperuranio se penso all'amore penso a Vasilij. Come mi fa arrabbiare questa cosa!».

Ho visto il ritratto che Gabriele ha dipinto del suo ultimo compagno, Johannes Eichner: un signore dal viso sereno e i baffi grigi.

Era uno storico dell'arte: lo aveva incontrato a una festa di capodanno a Berlino, nel 1927, undici anni dopo la sparizione di Kandinskij.

Stavano insieme da quasi dieci anni quando Eichner le propose di ristrutturare la casa di Murnau.

«E stavolta pagò tutto lui, mica come Vasilij» puntualizza Gabriele.

Lei e Johannes rimasero insieme tutta la vita, e per gli ottant'anni di Gabriele donarono tutti i suoi dipinti – e quelli che avevano custodito di Kandinskij – alla Lenbachhaus di Monaco: senza di lui chissà quante opere sarebbero andate perdute.

«Verissimo» tuona la Voce. «Le abbiamo nascoste in un deposito quando i nazisti rastrellavano l'"arte degenerata" per la loro ridicola mostra. Eravamo tutti nella loro lista nera noi del *Cavaliere Azzurro*. Quel pazzo di Hitler odiava specialmente Vasilij, perché fu il primo a parlare di mistero e libertà dell'arte, mentre nel *Mein Kampf* quel pittorucolo fallito vaneggiava che il compito dell'arte fosse di trasmettere benessere. È vero il contrario! L'arte deve emozionare, essere autentica, far male!»

Vorrei chiedere a Gabriele se non la consola l'idea che se Kandinskij non l'avesse lasciata lei non avrebbe incontrato Johannes, con cui visse trent'anni – il doppio che con Kandinskij – in grande armonia.

C'è una bellissima foto di loro due nella galleria di Otto Stangl, a Monaco, dove si tengono per mano e si osservano teneramente. Nessuna delle fotografie di Gabriele con Vasilij emana tanta serenità: in quell'immagine del 1955 invece Gabriele e Johannes sembrano davvero felici. Entrambi hanno i capelli bianchi e indossano splendidi cappotti neri. Gabriele ha un collo di pelliccia e un bel cappello a tesa larga; Johannes, in camicia bianca, cravatta scura e sciarpa di seta, le stringe un dito della mano sinistra nella sua mano destra. Lui ha ottantanove anni e lei settantotto e sembrano più innamorati che mai.

Osservando le fotografie di Gabriele la vedo molto più bella in quelle di prima o dopo Kandinskij: quando era con lui appariva sempre tesa, gonfia, imbronciata.

«Non hai ancora capito che so sempre cosa pensi?» salta su la Voce. «Johannes l'ho conosciuto quando mi sono finalmente liberata di Vasilij, l'anno dopo avergli spedito ventisei casse con tutte le sue cose: quindici tele, una cartella di acquerelli tra i quali quel preziosissimo primo acquerello astratto, i suoi mobili, la sua biancheria, i suoi utensili... Glieli ho mandati quando insegnava al Bauhaus di Dessau, quasi dieci anni dopo che se n'era andato. Per fortuna ho tenuto in custodia alcune tele, perché ora sono al museo di Monaco invece di essere state trasformate da Nina in collier di smeraldi! Guarda che lo so quanto sono stata fortunata a incontrare Johannes. E so di essere stata più felice con lui che con Vasilij. Ma la sofferenza d'amore non si dimentica più. Resta incisa nell'anima, per sempre.»

Venerdì sono salita al terzo raggio insieme a Daniele.

Daniele è più vecchio degli altri del coro e ha uno sguardo chiarissimo, grigio, stanco.

«Sono appena stato a colloquio con la mia pelosa» mi ha detto mentre salivamo le scale umide e polverose che portano al reparto dei tossicodipendenti. Ci ho messo un po' a capire che la pelosa era il suo cane.

«Me l'ha portata la mia compagna. A dirla tutta non è la mia compagna, è un'amica. Insomma, fa la prostituta, ma non in strada, in appartamento. Ha un giro suo. Oggi mi ha detto che non può tenere più la mia pelosa, perché non va d'accordo coi suoi cani. Adesso come faccio?»

D'istinto mi è venuto da dirgli "Te la tengo io", ma per fortuna non l'ho fatto. Ho imparato a controllarmi, almeno un po'. Ho prestato d'istinto soldi che non avevo, regalato tempo che mi mancava, oggetti che ho dovuto ricomprare. Si vede che non sono davvero generosa. Che non sono all'altezza dei miei slanci, come mi ha detto una volta Doug.

Daniele ha sessant'anni e i capelli bianchi. «Mi sono rovinato con la cocaina» mi ha raccontato. «Pesavo quaranta chili più di adesso. Sono qui perché mi hanno trovato due fucili in cantina, ma non erano miei.»

«Perché ti facevi così tanto?» gli ho chiesto.

Si è girato a fissarmi con quegli occhi strani: «Ero innamorato».

Ho raccontato alla dottoressa Del Fante di aver sognato una casetta di campagna – col pavimento in terra battuta e un grande camino – dove disegnavo e stavo bene.

Mi è sembrata così contenta del sogno che mi sono azzardata a chiederle come stava lei.

Ha risposto: «La vita ci mette di fronte a cambiamenti profondi, io non so cosa mi aspetti, ma spero prima o poi di tornare a essere felice come sono stata in passato».

Io non ho posti dove tornare: Doug non c'è più.

Mi sembra impossibile che dopo tutto l'amore che c'è stato, le cose che abbiamo fatto, i viaggi, le case, gli oggetti che abbiamo scelto insieme, i problemi che abbiamo condiviso, gli incontri, le discussioni, le mille volte in cui abbiamo fatto l'amore, ora Doug stia con un'altra.

Quando ci penso sento un dolore in mezzo al petto, e me ne vergogno.

L'altra sera sul divano, mentre ci pensavo e piangevo, la Voce mi ha sussurrato: «Vasilij ebbe un figlio da Nina, si chiamava Volodia ed è morto a tre anni. Lui e Nina non ne parlavano mai. Nina invece è stata assassinata a ottantacinque anni nella sua villa di Gstaad, e ti posso assicurare che io non c'entro: quando l'hanno uccisa – per rubarle i suoi dannati gioielli – ero già morta da diciotto anni. Ma sai una cosa? Per il bambino mi è dispiaciuto, ma per lei no. Non devi vergognarti, quando si ama così tanto qualcuno resta tuo di diritto, per sempre: è la legge della giungla».

«Io non sarei contenta se succedesse qualcosa a lei, non la conosco neanche, non mi ha fatto niente, poi se Doug l'ha scelta sono sicura che è una persona di valore» rispondo. «È me stessa che odio.»

«Sei proprio fatta male» sospira Gabriele.

Oggi il maestro del coro ci ha fatto un discorso per motivare i detenuti, perché gip e magistrati hanno rigettato molte richieste di uscita per il concerto.

Per ora ne hanno accettate solo cinque su quaranta.

Ha detto: «Non perdiamo le speranze: l'ultima volta un permesso è arrivato cinque minuti prima di uscire, ma anche se non arrivassero vi ricordo che noi stiamo facendo questa cosa per farla, non per il concerto».

Mentre parlava si respirava attenzione e rabbia. Poi abbiamo cantato meglio che mai.

Prima di finire il Conte mi ha passato un altro biglietto piegato in quattro, e l'ho infilato nei jeans.

Tommy non parla mai, ma suona benissimo.

Mentre aspettavamo che ci aprissero il cancello per uscire, gli ho guardato le mani appoggiate alle sbarre. Sulle dita della mano destra si è fatto tatuare la scritta HATE, una lettera per dito, su quelle della sinistra la parola KING. Ha visto il mio sguardo che passava dalle mani ai suoi occhi e per la prima volta ho sentito la sua voce.

«Cos'hai al braccio?» ha chiesto.

«Il tatuaggio dici?» chiedo accennando al piccolo ragno sul mio polso sinistro.

«No, quel triangolo grande» risponde indicando il braccio.

Nessuno si era accorto della mia bruciatura. «Niente, il ferro da stiro» ho risposto.

«Anche mia mamma si brucia sempre» ha detto, senza sorridere.

Un pomeriggio che stiravo e piangevo mi sono bruciata l'interno dell'avambraccio sinistro, e mi è rimasto un segno marrone a forma di lettera V.

«*V per vendetta*» aveva scherzato la Voce.

Ho sceso i tre piani di scale e attraversato i sette cancelli chiusi fino alla portineria, prima di leggere il biglietto del Conte.

Erano due fogli piegati in quattro. In uno c'era scritto: "Ferdi va in comunità e ti manda questo". Nell'altro c'era un mio ritratto a matita, somigliantissimo, col mento sollevato e la bocca semiaperta mentre canto, firmato con una F.

Oggi che pioveva una cifra ho preso il tram e sono arrivata dalla psi tre quarti d'ora prima.

C'è un'autoambulanza davanti al portone, coi portelloni dietro spalancati, la sirena che lampeggia e uno seduto al volante che parla al cellulare.

Io mi sento che è per Charlotte.

Lo so che può essere chiunque nel palazzo, ma ho paura che sia lei, l'ultima volta l'ho vista troppo male.

Salgo i cinque piani a piedi – per non occupare l'ascensore come ci hanno insegnato al corso antincendio – e infatti quando arrivo su la porta è spalancata. Il portaombrelli è rovesciato e un ombrello è finito in mezzo all'anticamera. Gli giro attorno come se fosse un serpente.

La porta dello studio è aperta.

Mi tolgo le cuffie dalle orecchie.

Dalla stanza viene la voce di un uomo che parla in fretta.

Mi affaccio. Dentro ci sono due infermieri, uno pelato, curvo sul lettino, l'altro in mezzo alla stanza che parla con uno che ho già visto da qualche parte. La voce concitata è la sua.

Sarò entrata qui dentro tipo quaranta volte ed era sempre tutto uguale: le tende bianche, la psi seduta sulla sedia col tavolino di fronte, sopra al tavolino una scatola di fazzoletti e una di caramelle alla frutta, un taccuino e una matita rossa; accanto alla parete un lettino coperto di stoffa azzurra, davanti al tavolino la poltroncina rigida dove mi siedo io.

Adesso la sedia della psi è rovesciata, il tavolino e la poltroncina sono spostati, e ci sono sei persone in una stanza dove siamo sempre state in due. Questa scena non ha senso nella mia testa.

Anche perché accanto al lettino, in piedi, c'è Charlotte, e sdraiata sul lettino la psi con gli occhi chiusi e senza una scarpa.

Charlotte si gira verso di me e dice: «È svenuta e abbiamo chiamato il 118».

Coso, che mi sembra di aver già visto, sta spiegando all'infermiere: «Ma sì, appena finita... e quando si è alzata in piedi si è afflosciata a terra, ho provato a rianimarla, poi è entrata la signora, l'abbiamo sdraiata sul lettino, le abbiamo alzato le gambe, bagnato la fronte, le ho sentito il polso, si è quasi svegliata ma ha subito richiuso gli occhi e allora abbiamo deciso di chiamarvi...».

L'infermiere con la barba dice «Spazio per favore», prende la psi per le ascelle, quello pelato le afferra i polpacci e la rovesciano su una barella appoggiata lì di fianco come se fosse un manichino.

«Possiamo seguirvi?» chiede Charlotte. «Dove la portate?»

Il pelato resta muto, l'altro risponde: «San Giuseppe. Se non siete di famiglia no».

Gli infermieri escono con la barella.

Coso li rincorre con la borsetta della psi e gliela infila a tracolla, poi ci ordina: «Chiudiamo la porta e chiediamo al portinaio di avvertire il marito».

Charlotte dice: «Il marito è morto».

Coso la guarda. «Come, morto?»
«Investito. Un anno fa.»
«Come fa a saperlo?» chiedo io.
L'ho pensato e l'ho detto a voce alta. Mi sento arrossire.
Si girano a guardarmi.
«Me l'ha raccontato la dottoressa Del Fante» alza le spalle Charlotte, e corre verso le scale.
«A me non racconta mai niente» fa lui, e la segue.
Li seguo anch'io.
Anche a me la psi non racconta mai niente di sé: fa solo sì con la testa quando dico che mi voglio ammazzare, e sorride.
Arriviamo giù mentre l'autoambulanza sta partendo. Ha smesso di piovere.
Coso ci guarda e fa: «Lavoro nelle emergenze, lasciate fare a me» e va incontro al portinaio indiano che sta richiudendo il portone. «Dobbiamo avvertire la famiglia che la dottoressa si è sentita male e la stanno portando al San Giuseppe, lei ha il numero di telefono di casa?» gli chiede.
«Sì numero baby-sitter figli» risponde. Non avevo mai sentito la sua voce.
«Sono un operatore umanitario, ci penso io» dice Coso.
Operatore umanitario? Dalle scarpe sembrava tipo un prof.
Il portinaio gli legge un numero col prefisso zero due – c'è ancora gente che usa il fisso oltre a mia nonna – mentre Coso si infila nelle orecchie delle cuffie uguali alle mie e lo digita sul suo telefono.
Con un tono di voce calmo, tutto diverso da quello di prima, dice: «Buongiorno, parlo con la baby-sitter della dottoressa Del Fante? Senta, se ci sono i minori vicino a lei non dica nulla di allarmante, stia tranquilla che non è successo niente di grave, ma la dottoressa ha avuto uno

svenimento, chi possiamo avvertire della famiglia?... Ecco sì, la zia va benissimo, mi dia il numero», e si segna un numero sul cellulare mentre continua a parlare.

Forte Coso, prima non sembrava.

«Può rimanere lei coi minori fino a che non ci sono aggiornamenti? Brava, grazie, le faccio sapere il prima possibile.»

Charlotte si gira verso di me e arriccia le labbra in segno di apprezzamento indicando Coso col pollice.

Poi mi sorride e dice: «Io sono Galla».

Fortuna che sono brava a trattenermi quando mi scappa da ridere.

«Io Bianca» rispondo.

«Bello» fa lei.

Galla. Sono contenta che stai bene.

Coso fa un gesto con la mano rivolta verso se stesso e intanto parla al telefono: «Sono Nicola Filiasi, è la sorella della dottoressa Del Fante? Ah buongiorno, volevo avvertirla che la dottoressa ha avuto un piccolo malore oggi in studio, e la stanno portando al San Giuseppe. Sì, svenuta... Ipoglicemia? Be', quindi... Ah... Sì, ho appena saputo del marito... Sì, forse lo stress... No, io sono un paziente... Senta, se vuole posso fare un salto io in ospedale, e cercare di darle notizie... Se è come dice lei l'avverto».

Chiude la comunicazione, ci guarda e dice: «La sorella sta a Roma, parenti a Milano non ce ne sono, sembra che la dottoressa abbia problemi di ipoglicemia e a volte svenga: cerchiamo di capire se c'è bisogno di far venire la sorella. Andiamo, venite in macchina con me, serviamo tutti».

“Serviamo tutti” mi è piaciuto.

Mi sento in colpa perché sto bene mentre Anna Del Fante sta male, ma è bello essere in tre e far qualcosa di utile, con questi Nicola e Bianca sconosciuti mi sento un po’ come se fossimo una squadra, come quando canto nel coro.

Io poi è come se li conoscessi, li studio da parecchio, sono loro che non conoscono me.

Seguiamo Nicola fino a una Panda arancione, parcheggiata vicino al baretto dove bevo il mio ginseng prima di salire da Anna Del Fante.

Ci infiliamo in macchina, la ragazza dietro e io accanto al guidatore. C’è un odore strano, opuscoli, pacchetti di fazzoletti, polvere.

Mentre lui mette in moto squilla un telefono e la ragazza esclama: «È lei!».

Ci giriamo a guardarla mentre risponde: «Sì... grazie... va bene... ma... tutto bene?... Ok, allora a martedì».

E poi a noi, fissando un punto oltre le nostre teste: «Era la dottoressa che diceva che la mia seduta oggi salta. Ha detto che sta bene».

E Nicola: «E non le hai detto che lo sapevamo e stavamo andando in ospedale?».

«No» risponde.

Nicola spegne il motore. Poi dice: «Hai fatto bene. Vuol dire che si è ripresa e che non è nulla di grave, come mi ha detto sua sorella. Sarà meglio che richiami subito sia lei che la baby-sitter. Ho bisogno di bere un bicchier d'acqua, venite anche voi?». E indica il mio bar.

Entriamo e il barista simpatico ci guarda un po' sorpreso, chissà se anche loro vengono qui da soli come me.

«Solito ginseng grande?» mi chiede.

Annuisco.

«Sua figlia cosa prende?»

Crede che Bianca sia mia figlia, e magari questo Nicola mio marito, e sto per dire «Non è mia figlia», ma lei risponde «Coca-Cola» e Nicola «Caffè e tre bicchieri d'acqua, grazie».

Allora Bianca finalmente pronuncia una frase intera: «Io ho la mia borraccia, non mi serve l'acqua, grazie».

Nicola alza due dita: «Solo due».

Bianca è imperscrutabile, non si capisce cosa pensi né cosa provi, mentre Nicola ha un'espressione concentrata.

Chiama prima la sorella e poi la baby-sitter, si scusa con entrambe dell'allarme, dice qualcosa per cui intuisco che sono già state avvertite dalla dottoressa.

Quando chiude le telefonate indica un tavolino, dice «Sediamoci un momento» e si accascia sulla sedia.

«Si chiama *overreaction*» dice.

«Come?» chiedo.

«*Over reaction*» scandisce. «Gergo nostro. Ho reagito in maniera eccessiva e commesso un errore, dovevo aspettare di avere altri elementi prima di chiamare la famiglia: non ho pensato che poteva risvegliarsi subito ed era meglio non allarmare i parenti.»

«Invece è stato bravissimo» gli dico. «Io non avrei mai pensato di metterle a tracolla la borsa col telefono. Cos'ha detto che fa lei di lavoro?»

«Operatore umanitario. Adesso è un po' che lavoro in ufficio, ma prima andavo in missione» dice lui.

Beve l'acqua d'un fiato. Sospira.

Poi dice: «Dopo questa operazione di salvataggio fallimentare possiamo darci del tu?».

«Certo» rispondo.

Bianca resta zitta, ma non sembra a disagio. Ha rifiutato la cannuccia e beve la Coca-Cola dalla lattina.

È la prima volta che la vedo bene in faccia e senza auricolari nelle orecchie. Ha gli occhi troppo truccati di nero, la pelle troppo bianca, i capelli troppo biondi e troppi piercing alle orecchie, ed è bellissima.

Si sente un segnale acustico e Nicola prende il suo telefono. Ci legge a voce alta il messaggio che ha ricevuto: «Scusi molto il disturbo, sono svenuta per un calo di glicemia ma ora sto bene, ci vediamo martedì, grazie».

Ci guarda.

Controllo se la dottoressa ha scritto anche a me e trovo lo stesso messaggio.

Nel mio però Anna Del Fante ha aggiunto una faccina che strizza l'occhio.

Ho fatto la figura del coglione, anche se *Bel culo* e la biondina non se ne sono accorte.

Bel culo ha un nome assurdo tipo Galla, la biondina mi sembra si chiami Bianca. È inespressiva e rigida come un palo, ma è stata brava a far finta di niente quando la Del Fante l'ha chiamata.

Forse la Del Fante sperava che non fosse ancora arrivata in studio e cercava di risparmiarle lo stress. Invece è stata la biondina a evitare a lei lo stress di farle sapere che non solo aveva visto tutto, ma stava anche cercando di aiutarla.

Supercoglione io, invece, che ho sbagliato tutto, non ho valutato il contesto e mi sono sentito come al campo quando bisognava agire in fretta.

Dio santo, quanto mi mancano l'azione, l'adrenalina, le emergenze.

Le mie colleghe sembra che abbiano apprezzato il mio intervento. Rosa non mi avrebbe perdonato di aver dato l'allarme prima del necessario.

Rosa, Rosa, Rosa, era un casino di tempo che non passavo un'ora intera senza pensare a lei.

Pago il conto e la biondina mi allunga due euro: «Per la Coca-Cola».

Invece di ridere me li infilo in tasca, mi sa che con questa è meglio far così.

L'altra non si è neanche accorta che ho pagato, ora se ne sta appoggiata al banco con un sorrisino sulla faccia. È magra ma ha un bel fisico e una bocca sensuale, sarebbe una gran bella donna se non fosse sciupata.

Anche la ragazzina è bella, ma come molte sue coetanee non è per niente sexy.

Avrà quindici anni, sta curva con le spalle e gli unici dettagli femminili sono la riga nera sugli occhi e lo smalto sulle unghie, anche se a me nero non piace.

Nessuno di noi tre accenna ad andarsene dal bar.

Ho anche fame: di solito dopo la seduta mangio in un posto qui vicino. Questo baretto però mi sembra migliore. È piccolo ma al banco c'è un sacco di roba: tramezzini, torte salate, panini, persino polpette con le verdure.

«Mi sa che ordino anche qualcosa da mangiare, voi?» propongo.

«Un altro ginseng grande» dice *Bel culo*.

«Un'altra Coca» fa la biondina.

«Se volete porto fuori, adesso è asciutto» dice il barista.

Usciamo sulla piazzetta.

Ci sono quattro tavolini quadrati circondati da sedie di ferro pieghevoli. È tutto piccolo qui, ma curato e allegro.

Mentre aspettiamo il mio panino, *Bel culo* ci guarda a turno con quel mezzo sorriso e alla fine spara: «Vi studio da parecchio voi due. Tra me e me vi chiamavo *Prima* e *Dopo*. Ho pensato un sacco di volte di parlarvi».

Io non posso dirle che tra me e me la chiamavo *Bel culo*, e mi limito a sorridere e a rispondere: «Anch'io ti vedevo, ma nelle anticamere dei medici non sai mai quanto devi essere discreto...».

La biondina non dice niente, ma sento il suo sguardo attento che assorbe ogni nostro gesto e ogni nostra parola.

Poi, improvvisamente, fissando un punto sopra la testa di *Bel culo* dice: «Io ti chiamavo Charlotte perché somigli a Charlotte Gainsbourg».

Chissà perché Bianca viene da Anna Del Fante, così giovane.

«Mi piace un sacco Charlotte Gainsbourg, bello» rispondo.

Ci guardiamo con interesse, mentre Nicola sembra perplesso. Forse non ama la Gainsbourg, o non se la ricorda.

Chissà perché le donne danno soprannomi agli sconosciuti e i maschi no.

Mi fa piacere essere qui con loro, anche se so che non possiamo parlare liberamente. Cerco di immaginare cosa mi direbbe Anna Del Fante.

Forse "Cominci dal problema", come fa ogni tanto.

Mi butto: «Vorrei dirvi tante cose, ma credo che tra le regole dell'analisi ci sia il non parlarne fuori dall'analisi».

Nicola annuisce.

Bianca resta in silenzio.

«Però forse, se non parliamo del perché andiamo da Anna Del Fante e di cose che riguardano le sedute, qualcosa di noi possiamo raccontarci» aggiungo. «Non avrei dovuto dirvi del marito di Anna Del Fante, mi è scappato.»

«Ecco, brava, preferirei non sapere proprio niente della dottoressa, come da prassi» sbotta Nicola, un po' aggressivo.

Bianca mi lancia uno sguardo preoccupato.

Quando Nicola riprende a parlare ha un tono più gentile: «Ma credo non ci sia nulla di male se ci raccontiamo qualcosa di noi. Vi ho già detto che lavoro per una ONG. Per molti anni ho partecipato a missioni umanitarie in Africa e ad Haiti, invece ora raccolgo fondi a Milano. Sono nato qui ma i miei erano di Taranto».

«Io sono di Comacchio» dico, «nemmeno io vedevo il tramonto sul mare.»

Lui non raccoglie.

Bianca tace.

Le chiedo: «E tu?».

«Milano» risponde.

«Io è un po' che non lavoro» continuo, «però faccio volontariato in carcere, canto in un coro coi detenuti tossicodipendenti.»

Bianca è improvvisamente interessata: «Cosa canti?».

«Stiamo provando delle canzoni milanesi», e vedo il suo sguardo deluso, «ma anche altro, tipo *Redemption Song* di Bob Marley. Ti piacerebbe il nostro coro» mi viene da aggiungere.

Sembra che Bianca si stia rilassando. Prende dallo zaino una busta di tabacco e delle cartine per farsi una sigaretta. «Fastidio se fumo?» chiede.

«Siamo all'aperto» alza le spalle Nicola, di nuovo imbronciato.

«Per niente» rispondo io, anche se mi sembra troppo giovane per fumare.

Saranno le quattro del pomeriggio ormai. Tra poco arriveranno le mamme coi bambini che escono da scuola.

«Ah, io ho un gatto!» esclama Nicola, come se gli fosse venuto in mente in quel momento il dettaglio più significativo della sua vita.

«Come si chiama?» chiedo.

«Mimì» si illumina.

«Mia nonna aveva una siamese che si chiamava Mimì, è morta tipo l'anno scorso» dice Bianca.

«A quanti anni?» chiede Nicola. «La gatta intendo...»

Bianca per la prima volta stira le labbra in una specie di sorriso. «Diciassette tipo. La nonna mi ha detto che l'ha presa quando ha saputo che mia madre aspettava me, per farci giocare insieme.»

«Quindi tu hai diciassette anni?» chiedo.

«Diciotto a novembre» risponde.

Poi riammutolisce, come se avesse parlato anche troppo.

Novembre è tra una settimana.

«Diciotto?» commenta stupito Nicola, trascinando la o finale. «Non te ne davo più di quindici.»

Anch'io, ma non mi sembrava il caso di dirlo.

Bianca finisce la sigaretta e la spegne nel portacenere.

Lascia due euro sul tavolino dicendo «Io adesso devo andare, ciao» e si avvia dalla parte opposta a quella del parco.

La osserviamo allontanarsi con lo zaino che le abbassa una spalla. Si è rimessa gli auricolari, cammina rigida e un po' ingobbita.

«Ho detto qualcosa di sbagliato?» chiede Nicola.

«Forse a quell'età non fa piacere sembrare più giovani, ma pazienza» rispondo.

Lui alza gli occhi al cielo e mi fa un po' pena, con quelle sopracciglia a forma di ali di gabbiano che gli danno un'espressione perennemente scocciata.

Sono meno a mio agio con lui ora che non c'è Bianca.

«Be', senti, la prossima volta che ci incontriamo in anticamera possiamo salutarci» gli dico, per congedarmi.

Mi guarda come se volesse chiedermi qualcosa, poi

scuote il mento e dice un po' impostato: «Certamente. E grazie, eh».

«Ma grazie a te» rispondo.

Quando entro a pagare il barista dice «Già fatto», indicando Nicola che se ne sta andando.

Così ora sa che non era mio marito.

Per venti minuti ho avuto una famiglia, e mi è piaciuto.

Bel culo volontaria a San Vittore! Magari ha conosciuto mio fratello. Lo stronzo stava in quel reparto di tossici, poi con la condanna definitiva lo hanno trasferito in comunità.

A San Vittore sono andato a trovarlo solo una volta, ma quanto gli piaceva quel reparto. E te lo credo: tutti attorno a lui, educatori, psicologi, e il corso d'arte, e il coro. E tutti a compatirlo, poverino. Poverino io!

Rosa aveva da ridire anche sul mio rapporto con lui.

Ho provato a spiegarle che il problema con mio fratello non sono i suoi guai da risolvere, ma il fatto che è un alcolista, e lo sarà per sempre. Non può cambiare.

È da quando ho otto anni che vivo nell'angoscia dei suoi casini. Ha cominciato a far cazzate da bambino, è sempre stato strano, eccessivo, autolesionista. Sensibile, dicevano: un artista. Temperamento artistico il cazzo: mia madre l'ha tirata così scema che è morta a nemmeno settant'anni, mio padre ci ha lasciati per colpa sua.

«Ma è tuo fratello!» urlava Rosa. «Noi aiutiamo la gente, ti ricordi?»

Impossibile farle capire che un conto è aiutare sconosciuti innocenti e un altro chi ti rovina la vita.

A me ha rubato l'infanzia quello stronzo, infanzia e adolescenza. Tutti sempre a pensare a lui, litigare per lui, rimediare ai suoi casini, pagare i suoi debiti.

L'unica cosa buona che ha fatto in vita sua è stata raccogliere Mimì da una pozzanghera e portarsela a casa. Che poi l'ho battezzata io, se era per lui non aveva neanche un nome.

Chissà quante ne ha viste, povera Mimì, quando abitava con lui in quel delirio di casa: sarà per quello che mangia compulsivamente.

Dalla comunità ora mi scrive che quando esce vuole riprendersela. Se lo scorda: Mimì è mia.

Tanto, tempo tre mesi lo arrestano di nuovo.

Non resiste senza bere e mettersi nei guai. Risse, debiti, incidenti: ne combina sempre una.

Io ho chiuso con Ferdinando.

Lui e i suoi disegni, le sue malinconie. Può far fesso chiunque ma non me: è solo un cazzo di egoista e io ne ho abbastanza di lui.

Ora che non c'è più Rosa, nessuno può farmi la predica sul fatto che devo occuparmene perché *poverino lui sta male*. Lui sta male il cazzo! Ha quarant'anni. E i suoi casini non sono più un problema mio.

«Io la faccio con la chitarra» dice Bianca scrutando la lattina che tiene in mano come se ci fosse caduto dentro un insetto.

«Ah, bello, cosa?»

Oggi sopra la felpa ha messo una giacca a vento nera, di piumino. Se fossimo più in confidenza le regalerei uno dei miei vecchi giacconi di pelle Miu Miu, le starebbe bene.

Ora sembra una bambina che la spara grossa e poi si mette le mani sulle orecchie per non sentire la reazione.

Mi ero ripromessa di trattarla da adulta, ma è difficile con lei: sento la sua tensione, avverto il suo imbarazzo.

«*Redemption Song* di Bob Marley» dice in fretta, il mento incollato al petto. Poi alza lo sguardo e mi fissa.

«Mai dai, brava!» rispondo con troppo entusiasmo.

Poi mi viene un'idea.

«Potresti suonarla nel nostro coro a San Vittore. Il ragazzo che viene di solito non può, ci manca proprio un chitarrista. Li hai compiuti i diciott'anni?»

Bianca annuisce.

Tante volte no, ma capita che le idee improvvise siano giuste e quando succede lo sento. Questa è una di quelle.

È da quando ci siamo conosciute che volevo rivedere Bianca da sola. Ho pensato di invitarla al baretto.

L'ho domandato ad Anna Del Fante, se potevo. Ha risposto: «Segua l'ispirazione».

Oggi quando ho incrociato Bianca in anticamera le ho chiesto se voleva raggiungermi lì dopo la seduta. Ha stretto le labbra e mi ha guardata come a dire "Non so". Dopo un'ora è arrivata.

Ha appoggiato lo zaino sulla sedia di fronte alla mia, si è tolta gli auricolari dalle orecchie e li ha messi in una scatolina bianca che si è infilata nella tasca dei jeans, poi si è seduta di fianco a me, la schiena contro al muro, e ha ordinato una Coca-Cola in lattina.

«Come hai festeggiato il compleanno?»

«Cena coi miei genitori e mia nonna.»

«Ah, bello» ho detto, mentre pensavo "Che tristezza".

Io per i miei diciotto anni sono venuta a Milano per il concerto di David Bowie.

Bowie era il nostro idolo, mio e di Alessandra. Quell'anno faceva il primo tour in Italia e avevamo deciso di andarci a tutti i costi, anche se avevamo l'esame di maturità.

Avremmo voluto essere alla prima data di Firenze, ma i biglietti erano finiti e piuttosto che rischiare di non entrare avevamo deciso per Milano, seconda data del tour: proprio il giorno del mio compleanno.

Ogni tanto ci penso: se avessimo trovato i biglietti a Firenze probabilmente non avrei fatto la modella, non avrei vissuto a Milano e non avrei conosciuto Doug. Chissà che vita avrei avuto, se sarei stata più o meno felice.

Da ragazza non ho mai pensato di vivere a Milano, che vista da Comacchio sembrava un posto grigio, superbo, quasi antipatico. Non ci ero mai andata, né avevo la curiosità di farlo.

Io e Alessandra non avevamo amicizie tra i milanesi che venivano in vacanza ai Lidi di Comacchio.

Nei nostri sogni ci vedevamo a Londra o a Berlino, soprattutto Alessandra. Io mi vedevo anche a Bologna o a Firenze, le città con una buona Accademia di Belle Arti dove pensavo di iscrivermi dopo la maturità, e dove immaginavo che avrei finito per vivere.

L'unica cosa che sapevo di me era che mi piacevano le forme e i colori, e che volevo provare a fare l'illustratrice.

Di sicuro non volevo restare a Comacchio, e neppure a Ravenna, dove Alessandra e io frequentavamo il liceo alzandoci tutte le mattine alle sei per prendere la corriera.

Ravenna era lontana da tutto, e a noi sembrava solo un paesone appena più grande di Comacchio.

I mosaici bizantini e la tomba di Dante che attiravano turisti da tutto il mondo non bastavano a renderla un posto interessante ai nostri occhi.

Fino a quando ho vissuto con mia madre mi sono vergognata di chiamarmi come un mausoleo.

Poi, quando ho cominciato a lavorare, ho iniziato ad apprezzare il mio nome: ai casting se lo ricordavano tutti e poi, quando raccontavo la storia intricatissima dell'imperatrice romana Galla Placidia, capivano che non ero la solita modella ignorante.

Darmi quel nome è stato uno dei pochi gesti coraggiosi di mia madre. «Ricordati» diceva, «i Visigoti la presero in ostaggio e Galla divenne la loro regina.»

Alessandra e io snobbavamo i mosaici, sognavamo di studiare in un posto dove ci fosse una vita sociale stimolante e divertente, lontano dalle nostre famiglie, dai pescherecci e dalla solitudine delle valli e del mare Adriatico in inverno.

Festeggiare il diciottesimo compleanno come Bianca allora mi sarebbe sembrata la cosa più deprimente che potesse capitarmi.

Il dieci giugno del 1987 vidi Milano per la prima volta.

La stazione mi sembrò gigantesca. Camminare lungo la banchina, tra la folla che scendeva dal treno, mi fece sentire libera e coraggiosa.

A Comacchio e a Ravenna, tranne tre mesi d'estate, non c'era mai nessuno di nuovo: conoscevamo già ogni viso che incontravamo per strada.

Quel giorno invece ero diventata maggiorenne, ero con Alessandra, stavamo andando al concerto di David Bowie e Comacchio era lontana: non avrei potuto essere più felice di così.

Dal piazzale di fronte alla stazione diedi il primo sguardo a quella città grigia e sconosciuta e la trovai inaspettatamente eccitante.

Tutta la giornata fu eccitante, gloriosa e indimenticabile, dal momento in cui avevo aperto gli occhi alle sei del mattino e avevo pensato che ora la mia vita sarebbe finalmente cambiata, fino alle sei del mattino dopo, quando salimmo sul primo treno per Bologna sveglie da ventiquattro ore, esaltate da un concerto spettacolare, dagli incontri che avevamo fatto, dalla birra e dal fumo.

Alessandra e io avevamo avuto la conferma che il mondo dove volevamo vivere esisteva.

La scenografia scelta da David Bowie per i suoi primi concerti italiani era un ragno, un gigantesco ragno luminoso dal quale lui, vestito di rosso, si calava in mezzo al palcoscenico con un telefono in mano cantando «*Can you hear me?*». E aveva intitolato il tour Glass Spider!

Lo presi come un segno. Sì che lo sentivo: se David

Bowie aveva scelto il simbolo del ragno, allora i ragni erano bellissimi, e forse anche io, invece che un pallido ragnetto, potevo essere un bel ragno forte e lucente.

Decisi che me ne sarei tatuata uno sul polso per non scordarmelo mai.

Sul treno, prima di addormentarmi, ritrovai in tasca un numero di telefono che non pensavo avrei chiamato. Invece lo feci, e la mia vita cambiò davvero, ma in modo del tutto differente da come avevo immaginato.

«Auguri, allora» dico a Bianca. «Guarda che dico davvero» insisto, «*Redemption Song* la facciamo sempre, e per le altre basta un po' di accompagnamento, anche a orecchio. Se ti va potrei parlarne al maestro, è sempre contento quando entrano dei giovani nel coro. Ora che sei maggiorenne si può chiedere il permesso. Dovresti garantire solo un minimo di continuità.»

Bianca rimane in silenzio cinque secondi, poi muovendo appena le labbra risponde: «Ok».

Questa cosa di suonare in carcere che ha detto Galla mi sembra fighissima.

Non so se riesco a suonare con degli sconosciuti, ma cavolo se vorrei entrarci in un carcere a vedere com'è.

È stato in carcere che Jahseh a sedici anni ha conosciuto Ski Mask e ha cominciato a scrivere canzoni. *Vice City*, il suo primo pezzo, l'ha caricato su SoundCloud appena uscito di prigione, e *Bad Vibes Forever*, il primo album che ha scritto, ha dovuto rinviarlo perché era finito dentro di nuovo.

Il contratto con l'Empire Distribution l'ha firmato quando era tornato in carcere, i suoi trentadue tatuaggi li ha fatti quasi tutti lì: il cuore spezzato sotto l'occhio sinistro, l'elefante sul collo, il nome di sua madre Cleopatra sul petto, la luna crescente sulla spalla, le maschere, le scritte.

La galera conta un sacco nella vita di Jahseh, e vedere com'è sarebbe un modo per essergli più vicina.

Con madre e padre devo metterla come se volessi fare una buona azione: Jahseh non lo devo nemmeno nominare, se no magari non mi lasciano.

È vero che ormai sono maggiorenne, però fino a che

abito con madre e mi mantengono loro non è che posso fare proprio tutto quello che voglio.

Non dirglielo non posso: ha detto Galla che quando entri devi consegnare il telefono all'ingresso, e se madre non mi trova al telefono per due ore impazzisce.

Ho dato a Galla la fotocopia della mia carta d'identità. Vediamo. Se danno il permesso chiedo, se no evito la fatica.

Madre si incazza che le racconto poco, e una volta le ho spiegato perché: in tutto quello che dico trova un motivo per agitarsi. Non mi ascolta, capisce tutto distorto, interpreta a modo suo. Dà opinioni non pertinenti, chiede, pontifica. Passa tre giorni a pensare alle cose che ho detto come se fossero delle grandi rivelazioni e poi ritira fuori il discorso con delle sue teorie assurde su di me.

«È perché tiene troppo a te» diceva Tere.

«Sì, ma che palle, tienici di meno» rispondevo io.

Ovviamente madre non ha ascoltato neanche la volta che le ho spiegato questa cosa, quindi ci ho rinunciato: parlare con lei è inutile e controproducente. Lo faccio solo se obbligata o disperata come quando mi ha lasciata Tere. Quella sera ho dormito con lei, le ho raccontato tutto e non ha fatto domande. Ma ero disperata, quindi non vale.

Con padre è diverso. Con lui potrei parlare e non si agiterebbe, ma non mi viene da dirgli cose di me, ho paura che mi giudicherebbe troppo menosa, troppo simile a madre. Parliamo di pallavolo, di geografia, di serie tv, musica e cose di scuola, quando ci andavo.

Sul resto meglio stare zitta, anche con lui. Se madre sapesse quanto conta per me Jahseh penserebbe subito che mi drogo anch'io o roba del genere. Andrebbe a guardare i video, leggerebbe la sua biografia e sarebbe anche capace di pensare che non voglio andare a scuola perché non ci andava lui, mentre non c'entra assolutamente niente. Io a scuola vorrei andarci, è solo che non ci riesco.

Io non mi drogo, non bevo, non mi faccio neanche le canne. Un tatuaggio vorrei farmelo, ma cosa c'entra.

Figurati se madre sapesse che Jahseh è stato in carcere per aver picchiato una tipa, oltre che per le rapine e tutto il resto. Come se questo c'entrasse con me.

Se poi dicesse qualcosa su come è morto, tipo *vedi come finisce male chi fa queste cose*, credo che non le parlerei mai più. Meglio non rischiare.

Che poi non si è ancora capito perché l'hanno ucciso. Era in auto, da solo. Stava uscendo da un concessionario di moto, a Miami, e gli hanno sparato da un SUV nero con due persone dentro. Dicono un tentativo di rapina.

Mi sembra assurdo.

"Certe vite nate storte fanno fatica a raddrizzarsi" direbbe la nonna.

Aveva solo vent'anni, due più di me. Jenesis, la sua tipa, era incinta di due mesi, lo avevano appena saputo.

Jenesis ha chiamato il bambino Gekyume, che per Jahseh voleva dire "Un nuovo stato delle cose".

Anche se madre e padre si sono separati il Natale lo passiamo insieme a casa della nonna, come prima.

Non ho idea se lo facciano per me o per la nonna o per madre.

Sicuramente non per padre: anche se è affezionato alla nonna, lui starebbe bene anche da solo.

I miei nonni tedeschi, come li chiama madre perché abitano sopra Bolzano, il Natale neanche lo festeggiano.

Sono anche carini, ma li vedo solo una settimana a febbraio, quando andiamo da loro a sciare, e dieci giorni ad agosto. Hanno un piccolo albergo e lavorano sempre, soprattutto quando gli altri sono in vacanza, anche adesso che hanno più di settant'anni.

Penso sia per via del loro lavoro che padre si è abituato ad arrangiarsi fin da piccolo.

Io al Natale ci tengo abbastanza.

Mi diverto di più se c'è zia Tina coi cugini, ma vengono solo un Natale sì e uno no.

Abitano a Richmond, in Virginia, "dall'altra parte del mondo" sottolinea madre, come a dire "Mentre io sono qui a occuparmi di tutto".

In realtà madre non deve occuparsi di niente, a parte

me, perché la nonna se la cava benissimo da sola, molto meglio di lei.

Come fanno a nascere dagli stessi genitori persone così differenti come madre e zia Tina? Sono diverse in tutto, fisicamente e nel carattere.

Madre è molto più bella e infelice di Tina, e mi sono chiesta se le due cose non siano collegate. Forse madre si aspettava di essere amata perché era bella e zia Tina era meno viziata?

Ora che hanno quarantasei anni zia e cinquantadue madre, la differenza non si nota più, mentre nelle foto di quando erano piccole era comica: madre a dodici anni bellissima, alta, coi riccioli biondi e i lineamenti da bambola, la zia che a sei sembrava una scimmietta con gli occhiali.

Adesso Tina ha la frangia e l'attaccatura bassa dei capelli non si nota, è atletica mentre madre è ingrassata, ha messo le lenti a contatto mentre madre ha cominciato a portare occhialoni orrendi con le lenti grigie, per nascondere le palpebre che secondo lei le cadono.

Il carattere invece non è cambiato: la zia allegra, curiosa e dinamica; madre chiusa, incupita e silenziosa.

Anche la zia è separata, ma non sembra troppo dispiaciuta di non stare più con lo zio Jorge, con il quale ha fatto Anton e Rita, i miei cugini gemelli che hanno quattro anni più di me, parlano inglese, spagnolo, italiano, e sono strasimpatici.

Un anno passano il Natale in Messico dai nonni paterni, un anno a Milano con noi, beati.

Con loro ho capito che in America a vent'anni sei adulto.

Non vedo l'ora di pensarmi adulta anch'io e non il bruco che mi sento adesso.

Sono contenta perché quest'anno i cugini vengono a Milano, ma arrivano solo il ventitré dicembre, se no li avrei invitati a sentire il concerto del coro.

Ho invitato la nonna perché i miei per fortuna il ventuno non possono: i giorni prima di Natale i negozi lavorano tantissimo.

Alla fine non è stato difficile suonare con degli sconosciuti: c'è qualcosa in carcere per cui quelli che vengono da fuori sono tutti carini e danno il meglio di sé.

Probabilmente in carcere senti un botto il culo che hai avuto. Tutti i detenuti con cui ho parlato hanno avuto qualche sfiga tremenda: padre o madre spacciatori, alcolisti, delinquenti, padre che picchiava la madre, sbatti di ogni tipo... Ce n'è solo uno che aveva una famiglia normale: si chiama Tommy e ha un tatuaggio uguale a quello di Jahseh, il cuore spezzato sotto l'occhio.

Ecco, questo Tommy, che fisicamente è un figo, tra i detenuti è il più scemo, perché se l'è proprio andata a cercare di diventare un tossico e spacciare. Tra l'altro mi ha raccontato che sua madre è una stracarina, e anche suo padre.

Insomma, in carcere ti accorgi che è un caso non essere nati nel posto sbagliato, e ti rendi conto della fortuna enorme che hai. Forse è per questo che quelli che vengono da fuori sono tutti gentili, concentrati, strani.

Mi fanno un sacco pena gli agenti che vivono in caserma, invece. Il maestro mi ha detto che guadagnano così poco che devono vivere in carcere anche loro. Ha detto che pochi riescono a dare un senso a quel lavoro di merda. Ha detto proprio così, e non ho chiesto di più.

Dal giorno in cui Anna Del Fante è svenuta è capitato di rivederci spesso con Bianca e Nicola, al baretto.

Sono sempre io a proporlo, ma loro accettano ogni volta.

Tra la mia seduta e le nostre chiacchiere resto lontana dal divano anche mezza giornata: la piazza del baretto è diventata un posto dove sto bene, come il carcere. E la Voce non ci viene.

Anche se mi sono affezionata a lei, sentirla mi fa male, perché parla sempre di Vasilij e di Doug.

Quando sono sola ascolto musica, leggo e chiacchiero col barista siciliano, che mi fa un po' la corte: finge di essere geloso di Nicola, mette un fiore accanto alla mia tazza di ginseng, dice che devo tornare all'ora dell'aperitivo per potermi offrire la sua pozione d'amore, un cocktail al gin e succo di mirtilli.

Ho conosciuto Stella, la proprietaria di un negozio accanto al baretto che vende piccoli gioielli e accessori.

Mi ha abbordata lei, per sapere dove avevo comprato la bustina rossa che porto a tracolla. Le ho spiegato che l'ho disegnata io e l'ho fatta fare da un calzolaio di via Paolo Sarpi, e lei mi ha proposto di produrne un po' da vendere nel suo negozio.

Una volta mi ha chiesto di sostituirla per mezz'ora e ho venduto un braccialetto carissimo a un cliente, per la sua ragazza.

Mi sono divertita, ma ho capito che sono capace di vendere solo le cose che piacciono a me.

Con Nicola e Bianca non parliamo delle nostre sedute o di Anna Del Fante.

Io gli ho raccontato sia dei posti dove ho viaggiato quando facevo la modella che di Galla Placidia, imperatrice dei romani e regina dei Visigoti. A Bianca la sua storia è piaciuta molto.

Nicola ci ha parlato della sua gatta, delle missioni in Africa e ad Haiti, e di quando da bambino andava in vacanza a Porto Cesareo dai nonni. Da quel che ho capito sua madre è morta e lui non frequenta più suo padre, che abita in Puglia, e suo fratello. E non è fidanzato.

Ho provato a chiedergli dei suoi, ma ha aggrottato quelle sopracciglia ad ali di gabbiano.

Il punto di svolta con Nicola è stato quando la sua gatta è stata male. Era preoccupatissimo e io l'ho messo in contatto con Giovanna, la nostra compagna di coro veterinaria. Mimì aveva smesso completamente di bere e di mangiare per un problema ai reni e Giovanna l'ha salvata operandola d'urgenza.

Da allora Nicola è molto più affettuoso con me.

Bianca ci ha raccontato con passione insolita di un rapper che si chiamava XXXTentacion, uno che ha avuto una vita disgraziata ed è morto a vent'anni. L'ho ascoltato. È potente, originale. I suoi pezzi sono richieste d'aiuto strazianti in cui mi riconosco.

Ho capito che Bianca non vuole parlare della scuola, né

di quella né dei suoi genitori separati, ma ha accennato a una nonna materna che vede ogni sabato.

Nicola ci ha consigliato di leggere le lettere di Rosa Luxemburg, «visto che voi due ragazze bazzicate le carceri».

Non sapevo che persona straordinaria fosse Rosa Luxemburg.

«Puoi dirlo forte» è sbottata la Voce quando ho finito di leggere, sul divano. «Mica una mezza calza come noi che ci siamo fatte fregare dall'amore. Sai cos'ha fatto Rosa quando ha capito che Leo non l'avrebbe mai amata come voleva? Lo ha mollato e si è messa con uno di diciotto anni più giovane di lui. Come canta quella vostra Raffaella Carrà: "E se ti lascia lo sai che si fa? Trovi un altro più bello che problemi non ha".»

Quando Gabriele fa le citazioni pop italiane mi fa ridere.

Ormai le ho preso le misure, non sto neanche a ribattere che ammira in Luxemburg quel che criticava in Kandinskij.

Ma anche se non parlo, lei sa sempre quel che penso, e risponde: «Ti sbagli, bellezza, lei lo spiegava quel che voleva e in cui credeva, e ha sempre lottato per averlo, sia in politica che in amore. È stata chiara con Leo, mentre il tuo Doug e il mio Vasilij se la sono squagliata da vigliacchi».

Non mi conforta il pensiero che cent'anni dopo la separazione con Kandinskij Gabriele sia ancora arrabbiata con lui.

Io di Doug vorrei essere amica. Sento la mancanza del suo affetto, non solo del suo amore.

«Ancora con 'sto affetto, sei proprio una cretina» si agita Gabriele. «"Affetto da un morbo" si dice, ricordatelo! Per una coppia l'unico modo onesto di lasciarsi è a pedate. In una separazione cosiddetta civile hai soltanto da perderci. Ricordati, bellezza: più Galla e meno Placidia!»

Questa battuta le piace molto, e la ripete spesso.

Con Bianca ci incontriamo anche al coro, due volte alla settimana. È brava con la chitarra. Con gli altri musicisti – tromba e fisarmonica – mi sembra che si intendano al volo. L'ho vista chiacchierare con Tommy, il detenuto col tatuaggio del cuore spezzato sotto l'occhio.

Da un po' Tommy sta meglio, credo si stia disintossicando dal metadone.

Al baretto Bianca ne ha parlato anche a Nicola: la sua teoria è che il carcere sia inutile e deleterio, a meno che non serva a incontrare qualcuno che si prenda personalmente cura di te, come fa il maestro con Tommy. Oppure «qualcuno come Ski Mask, che ha spinto Jahseh a scrivere».

Bianca ha sempre un punto di vista personale sulle cose del mondo.

Di sabato io pranzo quasi sempre dalla nonna. È così da quando andavo a scuola, perché madre ha l'orario continuato e padre, che al sabato non lavora, va in montagna.

Mi ha proposto di accompagnarlo, ma io odio andare a sciare, faccio fatica e ho freddo.

Invece con la nonna passiamo dei sabati tranquilli.

Dopo mangiato guardiamo un film: ne ha tantissimi in dvd, forse è rimasta l'unica.

Mi ha fatto vedere Bergman, Antonioni, Kurosawa e tutti i suoi registi strani: Agnès Varda, Ken Loach e certi coreani che non mi ricordo.

Quando abbiamo guardato insieme *Persona* di Bergman, non le ho detto che io mi sento come la protagonista.

Non ho voglia di parlare di cose che mi fanno stare male quando sono con lei.

Oggi però siamo rimaste a tavola a chiacchierare, perché avevamo mangiato un sacco e se ci mettevamo sul divano ciao: bisogna essere sul pezzo per seguire i film della nonna.

A pranzo aveva preparato il riso giallo con l'ossobuco, il mio preferito.

«Piaceva un sacco anche a tuo nonno» ha detto quando ne ho preso ancora.

«Ma tu ci stai ancora male che è morto a sessant'anni?» le ho chiesto. Non l'avevo mai fatto. Non so come mi è venuto.

«Adesso no» ha risposto accendendosi una sigaretta. La nonna fuma un botto quando non c'è madre, e lascia fumare anche me. «L'amore rimane» ha detto soffiando lontano il fumo.

Ci ho pensato e poi le ho chiesto: «Anche quello tra i miei genitori secondo te?».

«Sì.»

«Anche se si odiano?» ho insistito.

«Per te tutti o si amano o si odiano, ma non funziona così» ha sorriso. «I tuoi genitori sono molto diversi tra di loro. Si sono amati molto, e per molto tempo: si sono dati il meglio e il peggio e questo li unirà per sempre, non soltanto tu.»

Non avevo mai guardato la faccenda da questo punto di vista, che le persone molto diverse litighino di più ma si scambino tanto, e che l'amore rimanga anche quando non si vede più.

«Tu cosa pensi di padre?» le domando.

«Mi è simpatico. Ti vuole bene. Forse non era tanto portato per la famiglia perché è un individualista, ma oggi lo sono tutti: ai miei tempi si pensava al bene della collettività, non a quello del singolo. Per fortuna però si è innamorato di tua madre e sei nata tu. Senza errori non si farebbe mai niente di buono» dice ridendo.

«E di madre cosa pensi?» oso chiederle.

«Cosa penso... È mia figlia... la amo. Quando è nata io e tuo nonno eravamo giovani, era la primogenita, non sapevamo cosa fare con lei. È stata tanto con sua nonna Elvira, la madre del nonno. Praticamente l'ha cresciuta lei. Credo che si sia sentita un po' abbandonata, soprattutto da me. Senti» sbuffa, «io ho fatto quel che ho potuto. In quegli anni avevamo il mondo da salvare, e comunque i genitori sbagliano sempre ed è giusto così: senza qualcuno che ti rovini la vita non hai nessuna possibilità di diventare Ingmar Bergman.»

«Ma la mamma fa la fioraia, mica la regista. E tu hai fatto l'infermiera» le dico.

«E mi è piaciuto molto. Ma amo il cinema e sono grata ai genitori stronzi di Bergman senza i quali non avrei goduto delle sue opere.»

Mi piace la nonna quando dice le parolacce e vede sempre il lato positivo delle cose, come Pollyanna.

Vorrei raccontarle di Jahseh, e vedere se trova qualcosa di positivo anche nel morire a vent'anni.

Sicuramente mi direbbe che quando uno è morto è morto ma quel che lascia rimane, e lui ha lasciato la sua musica e un figlio.

'Sta cosa che la mamma l'abbia cresciuta sua nonna Elvira non l'ho mai saputa, che storia.

Anche Jahseh l'ha cresciuto sua nonna, Collette Jones, perché sua madre era troppo giovane e povera. I genitori di Jahseh erano giamaicani di origini egiziane, siriane e anche italiane. Per quello era così bello.

È nato a Plantation, nella contea di Broward, in Florida, ed è morto a Deerfield Beach, non molto lontano da Plantation.

«Com'era madre da bambina?» chiedo.

Mi piace sentirla ripetere le stesse cose: che era bionda e silenziosa come me.

«Tranquilla e sensibile» dice sempre.

Invece stavolta aggiunge: «Teneva l'erbario, stava bene solo in mezzo alle piante».

Questo non lo sapevo.

«Per quello hai insistito perché riprendesse il lavoro?»

Madre tre anni fa è andata a lavorare da un fiorista come quando era giovane.

«Aveva smesso quando sei nata tu. Ho pensato che ormai a quindici anni potevi cavartela da sola» scherza.

«Figurati, io non ho mai retto di averla sempre in casa. Perché aveva lasciato, poi?»

«Ci ha messo parecchio a rimanere incinta. Se c'è al mondo una bambina desiderata sei tu: è stata una cosa bella da vedere, quanto ci tenevano e come sono stati felici quando sei nata. Credo che quando ci è riuscita tua madre volesse godersi ogni istante e non fare come ho fatto io con lei. Te l'ho detto che si sbaglia sempre.» E poi, soffiando il fumo fuori dalla finestra: «Torni a scuola a gennaio?».

Oggi è il sabato della sincerità e le dico quel che penso veramente: «Non lo so, nonna, è inutile che ti dica sì se poi non ci riesco. Io vorrei tornarci e dare la maturità, così l'anno prossimo vado a trovare i cugini e a fare un giro in America».

L'ho pensato in questo momento. Potrei andare in Florida a vedere dove è cresciuto Jahseh, trovarmi qualche lavoro a caso, portarmi la chitarra, magari provare a suonare con qualcuno e scrivere qualche pezzo. Vorrei andare anche a Memphis, a Nashville e a New Orleans. Non è lontanissimo da dove stanno i cugini.

Improvvisamente mi prendo benissimo per quest'idea: per Natale voglio parlarne a zia Tina.

«Io adesso sparecchio e mi divano» dico alla nonna per nascondere l'agitazione.

«Va bene, ma oggi guardiamo un film da ridere, dopo tutto questo pathos» risponde.

È una strafiga mia nonna.

«Quest'estate mi sono ricordata una cosa di quando ero bambina» dico ad Anna Del Fante appena mi sdraio sul lettino.

Oggi ha dei pantaloni rossi di velluto a coste, e la sua solita sciarpa azzurra. Penso a una cosa che diceva Kandinskij: "L'antitesi spirituale che distingue rosso e azzurro produce una strana, potente armonia...".

«È successo il giorno che sono partita per Monaco, prima che comparisse la Voce, quattro mesi fa.»

«Dov'era?»

«Alla stazione di Bologna. Le ho detto che sono andata a Monaco in treno e che ci ho messo dodici ore. Ero partita da Milano alle otto di sera, a Bologna ho dovuto aspettare il treno tedesco per più di un'ora. Mi sono resa conto solo lì, sul binario, vedendo le corone di fiori, che era proprio il due agosto, il giorno dell'anniversario della strage. E mi sono ricordata di quando avevo saputo la notizia dal telegiornale, trentanove anni fa.»

«Me lo racconti con tutti i dettagli che le vengono in mente» mi chiede.

Chiudo gli occhi, sospiro e cerco di ricordare bene.

«Allora: stavamo pranzando, con la televisione accesa. Non eravamo andate in spiaggia perché era il primo sabato di agosto e – per noi che ci abitavamo – al mare c'era troppa gente. Per la mamma era il primo giorno di vacanza dal lavoro ed era di buon umore, cosa che non succedeva spesso. Mi aveva cucinato le canocchie al limone ma dopo aver sentito il telegiornale le aveva lasciate nel piatto.

Mi sono tornati in mente i colori: il giallo di un taxi col tetto sfondato dalle macerie e il rosso di un autobus fermo nel piazzale della stazione, dove degli uomini coi camici svolazzanti e le mascherine in faccia caricavano le barelle dei feriti. Poi mi ricordo – ma non so se l'ho sentito proprio quel giorno, perché abbiamo passato tutta la settimana a guardare i telegiornali – il presidente Pertini che parlava di due bambini che stavano morendo in rianimazione.»

«E poi?» chiede dopo un poco Anna Del Fante, visto che non parlo più.

«E poi mi ero sentita in colpa» confesso.

Cerco di spiegarle perché.

«Vede, per me Bologna era il posto elegante dove andavamo a fare gli acquisti perché c'erano più negozi che a Ferrara o a Ravenna, le città più vicine a Comacchio. Una delle poche cose in cui mia madre mi riconosceva un talento era il gusto per i vestiti: le nostre spedizioni a Bologna erano avventure in cui sentivo finalmente di avere un ruolo e me ne godevo ogni dettaglio. I posti distrutti dall'esplosione che mostrava il telegiornale io li conoscevo a memoria: in quella sala d'aspetto e in quella tavola calda piene di morti e feriti c'ero stata tante volte. Quel giorno fu la prima volta in vita mia che vedevo in televisione un luogo che conoscevo. E mi ero sentita importante. Poi me ne ero vergognata moltissimo. Ottantacinque morti e duecento feriti e io mi sentivo così? Nei giorni successivi con la mamma non abbiamo fatto altro che guardare la tv. Avevamo imparato sigle e parole che fino ad allora ci erano passate accanto: Nar, Sismi, depistaggio, terrorismo. Non si parlava d'altro che della strage. L'eccitazione di quel primo istante era diventata paura e dispiacere, ma non l'avevo dimenticata, e me ne sono vergognata a lungo. Credo sia la prima volta che ne parlo... Anzi, no! Una volta l'ho raccontato a Doug. E lui mi ha detto: "Non farla tanto lunga, Gal. Pensi che il mondo si preoccupi di cosa fantasticavi da bambina?". Lo so che aveva ragione, ma ci ero rimasta male.»

«Quanti anni aveva quel due agosto?» chiede Anna Del Fante.

«Undici» rispondo.

«I bambini tendono a sentirsi in colpa per i sentimenti che provano, se i genitori non li rassicurano» dice.

Io resto in silenzio.

Adesso non ho più voglia di parlarne. Mi sento a disagio. Vorrei non averle detto niente: non ho voglia di parlare dei miei.

«Suo padre cosa le avrebbe detto quel giorno, secondo lei, se ci fosse stato?» continua Anna Del Fante.

«Lo sa che non l'ho mai conosciuto, che è morto prima che nascessi» rispondo.

«Ma da quel che sua madre le raccontava lei come se lo immaginava?» insiste.

«Mia madre non ne parlava mai. Credo che le mancasse troppo, che dopo il suo incidente dovesse cercare di sopravvivere, un giorno dopo l'altro... Veramente questo l'ho pensato da poco, da quando mi sono lasciata con Doug... Era incinta di otto mesi, dipendente dalle trasfusioni... E poi mi ha cresciuto da sola, non ha mai più avuto un uomo, quindi credo che fosse proprio molto innamorata.»

Penso che probabilmente nemmeno io mi innamorerò più, e mi viene da piangere.

Comincio a singhiozzare e Anna Del Fante dice dolcemente: «Ha voglia di raccontarmi come è morto suo padre, adesso?».

No che non ne ho voglia. Mio padre è morto male e io cerco di non pensarci mai.

Purtroppo esiste un video, le telecamere di sorveglianza ripresero l'incidente: una volta l'ho guardato.

Una sola volta, e da allora cerco di dimenticarlo.

Mi viene in mente che l'avevo visto, di nascosto, proprio pochi giorni prima della strage di Bologna. Era su una cassetta vhs che mia madre teneva in camera sua, l'avevo infilata nel videoregistratore un giorno che ero sola in casa, a luglio, mentre ero in vacanza dalla scuola.

Lo dico ad Anna Del Fante.

«Cos'ha visto in quel video?» mi chiede.

Sento il cuore che batte e qualcosa che trema in mezzo al petto, poi mi chiude la gola.

È un ricordo che mi fa paura.

Non lo sa nessuno quello che ho visto, tranne Doug.

Devo dirlo ad Anna Del Fante.

«Mio padre lavorava per una ditta di manutenzione e quel sabato di maggio – con un collega – era sceso sul fondo di una chiusa per controllare un impianto che perdeva. Una paratia aveva ceduto e lui e il suo collega erano stati travolti da un muro d'acqua di cinque metri. I loro corpi furono ritrovati dai Vigili del Fuoco in un canale di scolo laterale. Io sono nata quattro settimane dopo.»

Ora che l'ho detto resto in silenzio ad ascoltare il mio respiro.

«Provi a descrivermi tutto quello che ricorda di quel video, anche i dettagli» dice lentamente Anna Del Fante.

«Mi ricordo... soprattutto il giallo della cerata e degli stivali di gomma che indossava mio padre mentre cercava di scappare dall'acqua che stava per sommergerlo. La faccia non si vedeva. Solo il giallo, e quei due piccoli corpi che correvano...»

I ricordi affiorano come bolle d'aria da quel muro grigio d'acqua. Ho caldo alla faccia e alla pancia, non ho più la gola chiusa.

Improvvisamente capisco di essere sempre stata convinta che mio padre, quel sabato, lavorasse per guadagnare di più proprio perché stavo per nascere io: forse avevo sentito una conversazione tra le zie, oppure l'avevo sognato.

Lo spiego ad Anna Del Fante e lei resta in silenzio.

Dopo un po' dice: «Galla, lei lo sa che anch'io ho perso mio marito di recente. Quando succede una disgrazia è normale sentirsi in colpa, ma lei non ha nessuna colpa, anzi, è stata molto brava a crescere piena di vita e desideri nonostante quel lutto».

Mentre la ascolto mi chiedo se sia possibile che vedendo le immagini della chiusa allagata io abbia provato un'eccitazione inaccettabile come per quelle della strage di Bologna, ma l'unico sentimento che mi sembra di aver provato quel pomeriggio d'estate era l'incredulità: avevo pensato che non poteva assolutamente essere mio padre, quel piccolo uomo con la giacca e gli stivali gialli che scappava.

"So una cosa pazzesca di Nicola, chiamami!!!"

Mi sono svegliata e ho trovato un messaggio di Bianca di ieri sera.

Sarà troppo presto per telefonarle? Starà andando a scuola?

Ma Bianca non va a scuola. Le scrivo: "Dormivo! Posso chiamarti adesso?".

Risponde subito: "Ti chiamo io su FaceTime".

Anche lei è ancora a letto, con una sottoveste lucida di raso azzurro, ben diversa dalle felpe e dai jeans che porta di giorno. Dietro alla testata del letto intravedo un grande manifesto con la faccia di XXXTentacion.

«Perché sei sveglia se non vai a scuola?» le chiedo.

«Io ti chiedo perché non lavori?» replica.

Ogni tanto rimpiango la Bianca timida e muta di quando ci siamo conosciute.

«Dai, dimmi di Nicola» cambio discorso.

Le luccicano gli occhi: «Ieri sera ho sentito Giovanna per metterci d'accordo sulle fotocopie degli spartiti».

«Ok, e...?»

«E ci siamo messe a chiacchierare. Ma sai cosa mi ha

detto? Che parlando con Nicola – lo sai che si vedono per Mimì – è venuto fuori che suo fratello era nel coro di San Vittore. E Giovanna l'ha conosciuto benissimo!»

«Ma dai. E chi era?»

«Si chiama Ferdinando, uno che disegnava. Uno molto carino, dice Giovanna.»

Ferdi. Il Ferdi del ritratto che tengo sul comodino è il fratello di Nicola?! Mi sembra impossibile.

Non so perché ma non mi viene da dirle che l'ho conosciuto.

Bianca continua: «Non ti sembra strano che lo abbia detto a Giovanna e a noi no?».

«Perché? Siamo d'accordo di non parlarci di temi che riguardano le sedute, e i nostri familiari lo sono.»

«Hai ragione» ammette Bianca. «Soprattutto se sono rapporti difficili. Mi ha detto Giovanna che ora Ferdinando è in comunità. E tipo che con Nicola non si parlano quasi più. Ma sai una cosa?»

«Cosa, Bianca?» Questa conversazione mi sta mettendo in agitazione.

«La sua gatta Mimì, quella per cui Nicola stravede... è di Ferdinando!»

«Ma dai.»

«Sì!... E tipo che lui quando esce la rivorrebbe e Nicola non vuole dargliela, dice Giovanna.»

Non mi facevo Giovanna così pettegola. Ha conosciuto Bianca da un mese e Nicola da due settimane ed è già così intima di entrambi?

«Ti ha detto anche cosa pensa di lui?» le chiedo.

«Mah, robe vaghe, che è uno in gamba... ma secondo me le piace.»

«Figurati, avrà dieci anni più di lui.»

«E allora?»

«Va bene, hai ragione... ma... Giovanna è meglio di Nicola.»

«Da che punto di vista, scusa?»

«Non lo so, da tutti. E credo sia anche sposata.»

«Ah, ok, sei gelosa.»

«Ma va'! E casomai di Giovanna, non di Nicola.»

«Seee... guarda che l'ho capito che Nicola piace un po' anche a te. E sicuramente tu piaci a lui.»

«Sei pazza, Bianca?»

Ci mettiamo a sghignazzare.

Era tanto tempo che non ridevo appena sveglia, devo raccontarlo ad Anna Del Fante.

Ed era tanto tempo che non dormivo sette ore come stanotte.

Ieri sera ho litigato con Doug.

Ero sul divano con la mia tazza di yogurt, al buio, e riascoltavo *The Remedy for a Broken Heart* di XXXTentacion. Quel "*Why am I so in love?*" è ipnotico, la sua infelicità insopportabile.

Sarà stata la canzone, o la sera che sembrava già notte. Oppure il racconto su mio padre che ero riuscita a fare ad Anna Del Fante. Nell'appartamento di fronte, attraverso la nebbia, vedevo lampeggiare le lucine gialle di un albero di Natale, il mio secondo Natale senza Doug.

Gli ho scritto un messaggio.

So che non dovrei farlo. Quando gli scrivo o lo chiamo sto peggio perché è sempre gelido. Ogni volta ci rimango male. Ma ho pensato anche che mancava solo un mese al dieci gennaio, il giorno in cui ci dovremmo vedere in tribunale per il divorzio. Dovevo dirgli che io non voglio divorziare, non posso fare di nuovo come la mattina in cui mi ha chiesto di separarci e io, invece di buttarmi per terra, urlare e graffiarlo come un gatto, gli ho accarezzato una spalla.

"Ciao, stavo pensando che forse possiamo rimandare il divorzio, che fretta abbiamo?" gli ho scritto. "Tu sei sicuro di volerlo? Io no."

Mi ha riposto dopo dieci minuti: "Sono sicuro. Sono sollevato e sereno: non mi manca niente".

Non mi manca niente! Sono sollevato e sereno!

Mi è sembrato di prendere un calcio in faccia.

Che bisogno aveva di dirmi una cosa tanto crudele?

Come può non mancargli niente, dopo vent'anni insieme?

È come svalutare quello che abbiamo vissuto, rimuoverlo, affermare che è stato uno sbaglio.

E perché dirmelo, anche se fosse vero?

L'ho chiamato.

«Senti, ma che bisogno hai di essere così crudele?» gli ho detto cercando di non piangere.

«Perché crudele?» ha risposto, stupito.

«È crudele scrivermi che non ti manca niente.»

«Meglio essere chiari» ha detto freddamente.

Com'è possibile che l'uomo che mi ha amata e tenuta vicino al cuore per oltre vent'anni improvvisamente mi parli con tanta indifferenza? Non gliene importa proprio più niente di me, non solo come moglie, ma neanche come persona.

Sono esplosa: «Sei insensibile e superficiale. Sei sempre stato un opportunista e un egoista, ma ora sei diventato anche crudele. Non ne posso più di stare male per uno come te!».

«Datti una calmata, Gal, o metto giù il telefono» ha detto, in tono meno distaccato.

«Come fai a dirmi una cosa del genere? Non capisci quanto ci sto male?»

«Non è più un problema mio» ha risposto. Ancora una cattiveria.

«Mi hai lasciata quando ero convalescente, senza lavoro, nel momento più difficile della mia vita, sei ignobile!» ho gridato nel telefono, mentre una palla di rabbia si gonfiava nel petto, mi schiacciava le costole e mi chiudeva la gola.

«Io non ho niente da rimproverarmi» ha detto. «E adesso ti saluto.»

«Vaffanculo, Doug!» ho urlato. «Vaffanculo, stronzo!»

Ho sentito la rabbia pulsarmi tra le tempie e riempirmi gli occhi di lacrime.

Ho buttato il telefono sul divano e ho raccolto la tazza dal tappeto, mi sono girata e l'ho scagliata contro la parete: «Sei uno stronzo!».

La mia tazza di porcellana bianca si è rotta in tre parti con un bello schiocco allegro. I pezzi di mela e pera che avevo mescolato allo yogurt e al miele colavano lungo il muro, lasciando sulla parete azzurra delle strisce lucide come bave di lumaca.

«Finalmente! Finalmente hai sbracato, complimenti Galla» ha esultato la Voce. «Mi chiedevo per quanto tempo avresti continuato a comportarti come se lui ti stesse guardando, per cercare di piacergli ancora.»

«Non è aria, Gabriele, lasciami stare» le ho risposto bruscamente, a voce alta.

«Come vuoi tu, mia nobilissima Galla, imperatrice dei Romani e regina dei Visigoti» mi ha preso in giro. E poi, più piano: «Adesso però dormi, dai, bellezza».

Mi sono lavata i capelli, ho messo la maglietta col logo del coro e mi sono truccata gli occhi. È il giorno del concerto.

«Era ora che ti truccassi un po'. Voi bellezze siete abituate bene, ma guarda che a una certa età se non ti curi diventi una strega come me» ha commentato Gabriele. Oggi però sembra divertita, non acida come altre volte.

Quando arrivo in teatro i ragazzi non ci sono ancora, solo le altre volontarie e il maestro che prova coi musicisti, tutti tranne Bianca.

Alla fine i permessi ai detenuti sono stati quindici, meno della metà di quelli richiesti.

Il pullman della polizia giudiziaria arriva con mezz'ora di ritardo. Prima scendono gli agenti, in borghese, con un borsello a tracolla – e mi chiedo se dentro ci tengano le armi –, poi loro: otto arabi e sette italiani.

«Sei emozionato?» chiedo a Samir.

«Sono contento che oggi mia figlia mi vede cantare in teatro» risponde.

Il maestro ha ottenuto che prima del concerto – al quale assisteranno anche i parenti dei detenuti – possano incontrare mogli e figli per un'ora.

La prima ad arrivare è proprio la moglie di Samir con

la figlia, una bimba di due anni coi riccioli neri tenuti indietro da un cerchietto con le orecchie da gatto.

Stiamo provando *Maria me porten via* di Jannacci quando si affacciano al lato del palcoscenico.

"Maria, me porten via, ma tì dil minga ai fioei che il suo papá l'han cattaa su 'me on lader." Non dirlo ai bambini che il papà l'hanno preso come un ladro, dice.

Samir si agita, e il maestro gli sussurra: «Resisti, finiamo la canzone».

Arriva Bianca, con la maglietta blu del coro e i capelli biondi raccolti. Pettinata così e senza la felpona sembra molto più grande. Mi saluta con un cenno e comincia ad accordare la chitarra scambiandosi segni con gli altri musicisti. Oggi sembra più concentrata di me.

Durante la pausa tra la prova e l'esibizione i detenuti rimangono con i parenti. Samir viene a presentarci sua moglie Fatma e sua figlia Aisha e io le faccio i complimenti per le orecchie da gatto. Fatma e Samir si tengono stretti, lei ha gli occhi lucidi.

Le volontarie più giovani hanno invitato fratelli e genitori; Bianca ci presenta sua nonna Gabriella, una donna alta, con un bel cappotto blu di taglio maschile, ben più dritta di lei con la schiena.

«Finalmente conosco questa signora Galla!» mi saluta.

«Nonna, ti prego, non chiamarla signora Galla» dice Bianca.

Io ho invitato Anna Del Fante, ma mi ha risposto che non poteva venire. Poi è rimasta in silenzio inclinando la testa e guardandomi come se avessi detto qualcosa di buffo.

Quando fa così la trovo irritante e mi viene voglia di dirle quanto siano brutti i suoi occhiali rossi, il suo taglio di capelli e le sue scarpe.

Poco prima di iniziare noto un movimento strano in sala, mi sembra che gli agenti si agitino.

Per un momento temo che sia scappato qualcuno, poi in fondo alla platea si apre una porta ed entrano tre persone. Due agenti, e in mezzo un uomo coi capelli grigi e la maglietta col simbolo del coro.

«Il Conte!» grida Samir, e molti tra i detenuti applaudono. Il Conte ha ricevuto il permesso all'ultimo momento, un'entrata in scena degna di lui.

Sale sul palco dalla scaletta laterale, dà il cinque ai suoi compagni e si piazza in prima fila, tra Samir e me.

È la prima volta che vedo il Conte in maniche corte. Senza la camicia i segni del carcere e dell'età si notano di più.

Quando finiamo di cantare *Scarp del tennis* di Jannacci, il penultimo pezzo, si gira verso di me, e noto che all'interno del braccio sinistro ha tatuata una frase che non avevo mai notato: *You'll never walk alone*.

Lo guardo con aria interrogativa. «Inno del Liverpool» sussurra.

In quel momento la moglie di Samir, che è seduta in platea, si alza con la bambina in braccio e sale sul palco.

Arriva di fronte a noi, fa una specie di piccolo inchino a Samir, si gira verso il pubblico, solleva la bambina come fosse un ostensorio e grida delle cose in arabo, poi la mette in braccio a Samir e corre via.

Nessuno capisce cosa stia succedendo. La platea comincia ad agitarsi e a mormorare. Samir rimane impietrito. Intravedo il capo degli agenti penitenziari che dal fondo della sala viene velocemente verso il palco. «Qui succede un casino» mi dice il Conte, «ci revocano i permessi per due anni, devi fare qualcosa!»

Aisha ha gli occhi spalancati, sembra sorpresa e incuriosita ma non spaventata. Io le faccio un gran sorriso da pagliaccio e comincio a parlarle con la voce di Titti, come facevo alle elementari con Alessandra: «Ehi! Mi è semblato di vedele un gatto! Io sono il canarino Titti, non mi mangiale!» e saltello sul pavimento di legno improvvisando un passo di tip tap.

La bambina si mette a ridere e mi tende le mani. La prendo in braccio, mi dirigo verso la scaletta canticchiando con la voce di Titti e scendo dal palco continuando a farla ballonzolare. Tutta la scena dura meno di un minuto e gran parte del pubblico probabilmente crede che abbiamo organizzato un siparietto natalizio per intrattenerli.

Il maestro fa subito segno ai musicisti e al coro di ricominciare e Bianca attacca le prime le note di *Redemption Song* con la chitarra.

Il coro inizia a cantare: «*Old pirates, yes, they rob I, Sold I to the merchant ships...*».

Il pubblico scoppia in un grande applauso mentre io esco dalla sala con Aisha saltellando.

Nel foyer vedo subito Gloria, la direttrice dell'équipe, che parla in modo concitato con Fatma e un'altra donna araba. Fatma singhiozza scuotendo la testa, l'altra traduce: «Voleva che tutti sapessero che da quando è nata Aisha ha visto suo padre soltanto in carcere, e tutto perché l'hanno trovato con pochi grammi di hashish».

Quando ci vede, Fatma smette subito di piangere. Io le dico, sempre con la voce di Titti: «Ciao mamma! Sai che la tua bimba è proprio un bravo gatto? Non mi ha neanche mangiata».

Vedendo la bambina sorridere, Fatma capisce istintivamente cosa sto facendo, si illumina e dice, in italiano: «Brava Aisha!».

Gloria unisce le mani e le porta alla bocca. In quel momento il capo degli agenti ci raggiunge, e lei gli dice: «Tutto a posto, comandante, la bimba voleva salire sul palco per gioco».

Il comandante finge di crederci.

Saluto Aisha e torno in sala in tempo per sentire la fine di *Redemption Song*: «*'Cause all I ever had, Redemption songs, All I ever had, Redemption songs, These songs of freedom, Songs of freedom*».

I ragazzi salgono sul cellulare venuto a prenderli fin dentro il cortile, tra due ali di pubblico che li acclama come rockstar.

Do a tutti un bacio o un abbraccio, e tutti mi salutano, anche quelli coi quali non ho mai parlato: «Ci vediamo dopo Natale, eh Galla!».

Il mio nome di solito li fa ridere ed è la prima volta che lo usano senza far battute.

Il Conte mi abbraccia e mi dice all'orecchio: «Sei una grande, Galla. Samir ti ringrazia moltissimo», poi sale sul cellulare, ma prima di entrare si ferma un istante sul predellino, alza le braccia al cielo e saluta tutti scuotendo i pugni in segno di vittoria.

Anche il maestro mi stringe le spalle tenendo le braccia tese perché è troppo sudato: «Grazie Galla, ci hai salvati. Se avessimo interrotto il concerto e fosse scoppiato un casino non ci avrebbero mai più concesso di uscire a cantare, e Fatma non avrebbe ottenuto niente, anzi, avrebbe peggiorato la posizione di Samir. So come funziona».

Bianca mi raggiuge: «Ti portiamo a casa noi». Poi mi stringe il braccio e dice, a voce molto bassa: «Brava con la bambina. Ma per favore facciamo finta di niente con mia nonna, se no ci attacca un pippone sui diritti dei detenuti».

Le seguo fino al parcheggio e saliamo su una vecchia Citroën. La nonna, dopo aver messo in moto, mi domanda: «Vero che cena con noi?».

«Sushi!» esclama Bianca da dietro.

Non vado al ristorante da un pezzo, quindi esito.

«Preferisco il pugliese, Bianca, abbi pazienza» dice la nonna.

«Le piace la cucina pugliese? Fanno di tutto: orecchiette, pesce, carne.»

«Va bene» dico. Sono così gentili.

«Io però mangio la pizza, eh nonna» dice Bianca.

È la prima volta che le sento dire qualcosa di così infantile, e mi fa tenerezza.

«Anch'io» dice la nonna. «Con la bufala e i pomodori di Pachino. È stato un bellissimo concerto, signora Galla, complimenti. E ha avuto un bel sangue freddo con quella bambina. Anche se la protesta della madre a me sembrava sacrosanta.»

«Nonna, non chiamarla signora Galla, che imbarazzo» ripete Bianca, lasciando cadere il suo commento.

«La ringrazio» rispondo, e Bianca mi dà una ginocchiata attraverso il sedile, non so se per sottolineare la perspicacia di sua nonna o per ricordarmi di non darle corda. Il commento di Gabriella mi fa riflettere. Io ho reagito istintivamente alla richiesta del Conte, ma volevo soprattutto proteggere la bambina.

È vero però che un atto di protesta deve creare disordine. Non credo che sarebbe servito a Samir, anzi, magari gli avrebbero tolto la buona condotta, ma almeno se ne sarebbe parlato.

Bianca entra nel ristorante per prima, e subito si volta a guardarci con una faccia da furba che non le ho mai visto: «Non ci posso credere: ci sono Nicola e Giovanna».

È vero: in un tavolo d'angolo Nicola sta parlando con Giovanna, che era in teatro con noi fino a venti minuti fa.

Il ristorante è modesto, allegro, con le tovaglie a quadretti e il cestino col pane e i taralli sul tavolo. C'è un'atmosfera natalizia, nonostante non ci siano decorazioni.

Per andare al nostro tavolo dobbiamo passare proprio accanto a loro, e quando Nicola ci vede non fa la solita faccia scocciata, anzi, si alza in piedi e sorride.

«E voi cosa ci fate qui?» chiede.

"Cosa ci fate voi due" vorrei dirgli.

«Complimenti per il concerto stupendo» dice la nonna a Giovanna. «Siete stati bravissimi, cantanti e musicisti, mi sono emozionata.»

Bianca la interrompe: «Anche meno, nonna», e a Nicola e Giovanna: «Questa è mia nonna Gabriella».

Nicola indica Giovanna: «La dottoressa mi stava proprio raccontando...».

Dottoressa, poi, da quando si esce a cena con la propria veterinaria?

Giovanna e Gabriella si stringono la mano e Bianca taglia corto: «Io ho una fame... Ci salutiamo dopo?».

Appena sedute la nonna chiede: «Chi è quel vostro amico con la cantante?».

Io non so se Gabriella sappia che Bianca va dalla psicologa, perciò non rispondo.

«Fa la veterinaria, nonna, non la cantante» dice Bianca

a bassa voce. «È una volontaria del coro, come noi. E lui è uno che incontriamo dalla psi, un mezzo psicopatico.»

Quindi la nonna lo sa.

«Perché dici così? A me Nicola non sembra psicopatico» mi intrometto.

«Psicopatico come noi intendo» fa Bianca.

«Ah, ok» rispondo.

«Ah, nonna, sai che anche Nicola ha la fissa di Rosa Luxemburg? Anche lui ha chiamato la sua gatta Mimì, come te» aggiunge.

«Mimì!» dice la nonna. «Il nonno la chiamava Mimì metallurgica. Ti ricordi il film della Wertmüller?»

Ordiniamo tutte la pizza con la bufala e i pomodorini. Non mangio pizza da una vita e non so se ci riuscirò, ma intanto butto giù la birra piccola ancora prima che arrivi l'ordinazione. È gelata e deliziosa.

Bianca ha ordinato una Coca-Cola e la nonna una birra media, come avrei voluto fare io.

Chiedo a Bianca se conosce le parole dell'inno del Liverpool.

«Googliamolo» fa, e prende il cellulare dalla tasca. «Inglese o italiano?» chiede.

«Italiano» fa la nonna.

Bianca legge: «*Quando cammini attraverso una tempesta mantieni la testa alta...*

Continua a camminare attraverso il vento,
Continua a camminare attraverso la pioggia
Anche se i tuoi sogni verranno scossi e spazzati via,
Continua a camminare con la speranza nel cuore
E non camminerai mai da solo».

Poi alza gli occhi al cielo.

«Non è bello, scusa?» le chiedo.

«Mah» fa lei.

Guardo la nonna Gabriella.

«Per Bianca è retorico» mi spiega sorridendo. «Per Bianca quasi tutto è troppo retorico, sdolcinato e banale. E sa cosa? Spesso ha ragione. Ha presente quella frase di Abbie Hoffman sulla gioventù?» mi chiede.

«In effetti no» rispondo. «Non so nemmeno chi sia Abbie Hoffman, a dirla tutta.»

«Diceva: "Eravamo giovani, eravamo avventati, arroganti, stupidi, testardi. E avevamo ragione!". Abbie Hoffman era un attivista americano dei miei tempi, non si preoccupi se non lo conosce, non lo conosce più nessuno.»

«Ce l'aveva tatuata il Conte sul braccio, quella frase su non camminare da soli» dico rivolta a Bianca.

«Il Conte è il detenuto coi capelli grigi che è arrivato per ultimo, nonna» spiega lei. E commenta: «Capisco che per lui possa avere un senso, ma se c'è tempesta io preferisco decisamente stare nel mio letto invece che camminare nel vento».

Gabriella scuote la testa ma sorride.

«A proposito: bello il tuo tatuaggio del ragno» dice Bianca, afferrandomi il polso e ammirando il mio ragnetto. «Io sono indecisa tra un elefante o una falce di luna crescente, come quelli di Jahseh.»

Non ho mai visto Bianca così rilassata. Glielo dico, alza le spalle.

Dal suo tavolo Nicola fa ciao, e anche Giovanna.

Gabriella con una mano solleva il bicchierino di limoncello che ci hanno portato e con l'altra fa cenno a Nicola di raggiungerci. Loro si alzano e vengono al nostro tavolo col loro limoncello.

Non riesco a capire che tipo di rapporto ci sia tra Nicola e Giovanna, se abbiano una storia o no.

Giovanna la conosco poco, mi sembra una persona spiccia e indaffarata che parla sempre delle difficili operazioni che ha fatto o deve fare, ma ha una vena allegra che ho notato alle prove, quando si mette a ballare mentre canta, ed è sempre pronta ad aiutare i detenuti.

«Ho saputo da Bianca che anche lei ha chiamato il suo gatto come quello di Rosa Luxemburg, una delle figure più importanti e sottovalutate del Novecento. Come politica, come intellettuale e come donna» dice Gabriella a Nicola, infervorandosi.

«Come fidanzata però era insopportabile, ne convenga» risponde Nicola, insolitamente forbito.

«Era una persona passionale. E audace. Anche in amore» risponde Gabriella. «Ma convengo con lei che gli audaci e i passionali possano essere molto faticosi, nel privato.»

In quel momento Nicola mi guarda, e io guardo lui. Ci fissiamo per un istante.

È lui ad abbassare per primo lo sguardo.

«Quando si dice un finale a tarallucci e vino, eh» sento sussurrare.

È la Voce.

È raro che si faccia viva se non sono sul divano di casa.

«Ti ho raccontato che Nina detestava i gatti?» mi soffia in un orecchio. «L'ha scritto nella sua autobiografia: "Conoscendo perfettamente la mia avversione per i gatti, Klee chiudeva sempre il suo in un'altra stanza quando andavamo in visita da loro". Povero Vasilij. Amava tanto Waske, il nostro gattone. Ecco, se mi chiedessi di dirti una sola cosa che mi manca quassù ti direi il gatto. Ma non si può avere tutto, neanche da morti» sghignazza.

Gabriele sembra euforica stasera. «Cara mia, il momento è arrivato. Ti lascio alla mia omonima, che mi sembra la più in gamba di tutte. Vedi di rimetterti in pista, perché è ora che io torni nell'iperuranio» dice a voce bassa.

«Salutami quella Anna Del Fante: alla fine una cosa buona l'ha fatta, anzi due: la prima è stata svenire e farti conoscere i due picchiatelli, la seconda non dirti che stasera sarebbe stata in platea ad ammirare le tue prodezze.»

Anna Del Fante era al concerto? Io non l'ho vista.

«Non dovevi neanche sapere che c'era. Ma lascia che le faccia quest'ultimo dispetto, prima di sparire» se la ride.

Poi fa la voce seria: «Devo dirti ancora due cose». E comincia a scandire: «La prima è questa: stai alla larga dalla nostalgia. La nostalgia è inutile, reazionaria e passatista. Smettila di rimpiangere il passato: la nostalgia è fascista. Chiedilo a Gabriella che lo sa».

Io faccio sì con la testa, e lei continua: «L'altra invece è sul tuo soprannome di quando eri bambina, Gialla. Con Vasilij dicevamo che il giallo è un colore che ha un movimento centrifugo, che si allarga dal centro verso l'esterno. È un colore caldo, che diventa malato e assente se si tenta di raffreddarlo. Ecco, tu sei fatta per espanderti, a costo di soffrire. Capito? *Auf Wiedersehen*, bellezza».

«Galla, ci sei?» chiede Bianca. «Perché muovi la testa?»

Li vedo che mi fissano, tutti e quattro.

«Cosa dicevate?» domando.

Anna Del Fante ha cambiato occhiali. Senza che glielo dicessi, ha sostituito quei brutti occhialetti rossi rettangolari con una bella montatura Ray-Ban tonda, di metallo dorato: proprio quella che le avrei consigliato io.

È l'ultima seduta prima di Natale e domani andrò a Comacchio dalle zie. Il giorno di Santo Stefano arriva Alessandra e si ferma fino a Capodanno, che abbiamo intenzione di ignorare insieme.

Il dolore per Doug va a ondate e non mi è ancora successo di passare un giorno intero senza pensare a lui, ma nei momenti in cui sto meglio ho notato che le cose sembrano avere contorni più netti e colori più vivi.

Ho chiesto a Nicola dove passerà le vacanze e ha risposto «A non vedere il tramonto, come te».

Ho deciso di parlarne ad Anna Del Fante.

«Ho delle cose da dirle oggi, dottoressa» inizio, dopo essermi sdraiata sul lettino.

«Questa è la sua seduta. Qui può dire quello che vuole» risponde.

«La ringrazio. Ma ho anche delle domande.»

«Dica pure, Galla.»

«Perché è venuta al concerto e non ce lo ha detto?»

«Lei avrebbe voluto che io ci fossi?»
«Mmm... sì.»
«E allora facciamo che ci sono stata.»
«Ma c'era o non c'era?»
«Non c'ero, effettivamente.»
«La Voce mi ha detto di sì.»
«Forse la Voce dice quello che vuole lei?» mi incalza, più vispa del solito.
«Sta dicendo che la Voce ero io? Che diceva le cose che io non avevo il coraggio di pensare?»
Anna Del Fante non risponde.
«Ma io la sentivo davvero quella voce» protesto.
«Non ne dubito» commenta.
«Mah. Ci penserò.»
Non posso essermi immaginata tutto. Io Gabriele la sentivo.
«Un'altra cosa: sarebbe sbagliato se io e Nicola ci vedessimo da soli, senza Bianca?» le chiedo in fretta prima di pentirmene.
Per una volta risponde subito, ma con una domanda: «Lei lo desidera?».
«Ma non è una cosa scorretta, in analisi?» insisto.
«Non stia a farsi troppe domande, viva le cose che desidera vivere.»
«Ma se – dico per dire, non penso che succederà – io e Nicola dovessimo uscire insieme, non possiamo continuare a venire tutti e due da lei, no?» continuo.
«No, in effetti. Ma ci penseremo se succede.»
«Credevo che si sarebbe arrabbiata.»
«Io non posso arrabbiarmi. Io sono qui per lavorare con lei. Le cose succedono, e quando succedono si governano. La vita è come l'atelier di un pittore: ci sono tele appoggiate alla parete e altre sul cavalletto, in lavorazione.

Ci sono i colori, le tavolozze, i modelli. E l'ispirazione, che guida l'autore dentro l'avventura della sua opera.»

Credo sia il discorso più lungo che mi abbia mai fatto.

Se vale tutto – e tutto si può governare –, forse posso dirle anche che la Voce non la sopportava e la screditava di continuo: «Sa che lei mi ricorda moltissimo un dipinto di Gabriele Münter? Ho il poster a casa, non riesco a decidere dove appenderlo. Si chiama *Signora in poltrona*, c'è questa donna svizzera in pigiama che scrive. Chissà perché scrive in pigiama. Non l'ho chiesto a Gabriele Münter perché era troppo gelosa di lei. Parlava sempre male di lei, sa? La criticava un sacco».

Anna Del Fante chiede: «E adesso?».

«Ora ha smesso. È sparita» rispondo.

Fa un rumore, come di aria che esce dal naso.

«Bene, è un buon segno. Allora ci vediamo il primo martedì dell'anno nuovo» mi congeda. Sento il fruscio del suo quaderno che si chiude e il rumore della matita appoggiata sul tavolino.

Mi alzo, prendo la bustina rossa che ho appoggiato sulla sedia ai piedi del lettino, me la metto a tracolla ed esco dallo studio. Oggi in anticamera Bianca non c'è.

Con Anna Del Fante non ci auguriamo buon Natale, ma mentre chiude la porta alle mie spalle mi volto a salutare l'azzurro della sua sciarpa.

Ringraziamenti

Senza Yvonne Kramer, che mi ha guidata alla Galleria Civica nel Lenbachhaus, questa storia non esisterebbe, e la ringrazio per prima ma a pari merito con Gabriele Münter, se no quella si offende, col brutto carattere che ha.

Ringrazio anche Francesco Ziosi, dell'Istituto Italiano di Cultura, per avermi invitato a Monaco di Baviera.

Grazie a Stefano – tra le altre cose – per Murnau, ai miei due Darii – Daria Deflorian e Dario Voltolini –, che hanno letto per primi e mi hanno dato consigli opposti e decisivi, a Emilia Sofri, Paolo Foschini, Rosaria Carpinelli ed Elena Faccani.

E grazie a Linda Fava, ammaestratrice di gechi, e Giovanni Francesio, gentiluomo.

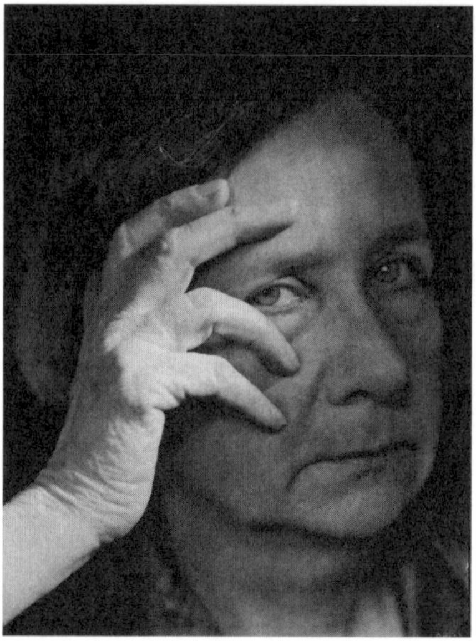

Gabriele Münter, 1935.

Crediti

La citazione a pagina 21 è tratta da *Lo spirituale nell'arte* di Vasilij Kandinskij, traduzione di Elena Pontiggia, SE Studio editoriale, 2005.

Le citazioni alle pagine 40, 78 e 157 sono tratte da *Kandinskij e io* di Nina Kandinskij, traduzione di Maria Teresa Carbone, Abscondita, 2006.

La citazione a pagina 56 è tratta da *Il cavaliere azzurro* di Vasilij Kandinskij e Franz Marc, traduzione di Giuseppina Gozzini Calzecchi Onesti, SE Studio editoriale, 1993.

Le citazioni alle pagine 82 e 83 sono tratte da *Dappertutto è la felicità. Lettere di gioia e barricate* di Rosa Luxemburg, a cura di Eusebio Trabucchi, L'orma editore, 2019.

The Remedy for a Broken Heart
Testo e musica di Johnathan C. Cunningham e Jahseh Onfroy.

A mì me piass
di Claudio Sanfilippo, contenuta nell'album *Ilzendelswing*.
Testo riprodotto per gentile concessione di Claudio Sanfilippo.

Mondadori Libri S.p.A.

Questo volume è stato stampato
presso ELCOGRAF S.p.A.
Stabilimento - Cles (TN)

Stampato in Italia - Printed in Italy